NAME: Justus Jonas
FUNKTION: Erster Detektiv
FRAGEZEICHENFARBE: weiß
BESONDERE MERKMALE: das Superhirn der drei ???, Meister der Analyse und Wortakrobatik; erstaunlich schneller Schwimmer; zu Hause auf dem Schrottplatz von Tante Mathilda und Onkel Titus; zupft beim Nachdenken an seiner Unterlippe
IST FAN VON: Tante Mathildas Kirschkuchen und Denksport aller Art

NAME: Peter Shaw
FUNKTION: Zweiter Detektiv
FRAGEZEICHENFARBE: blau
BESONDERE MERKMALE: für körperliche Herausforderungen immer zu haben, dafür kein Ass in der Schule; großer Tierfreund; Spezialist für Schlösser aller Art, die seinem Dietrichset einfach nicht standhalten können; neigt zu Vorsicht und Aberglauben
IST FAN VON: schnellen Autos (insbesondere seinem MG), der südkalifornischen Sonne, so ziemlich jeder Sportart

Die drei ???®

Die drei ???®

und der unsichtbare Passagier

erzählt von Hendrik Buchna

Kosmos

Umschlagillustration von Silvia Christoph, Berlin
Umschlaggestaltung von eStudio Calamar, Girona, auf der Grundlage der Gestaltung von Aiga Rasch (9. Juli 1941 – 24. Dezember 2009)

Unser gesamtes lieferbares Programm und viele weitere Informationen zu unseren Büchern, Spielen, Experimentierkästen, DVDs, Autoren und Aktivitäten findest du unter **kosmos.de**

MIX
Papier aus verantwortungsvollen Quellen
FSC® C014496

Gedruckt auf chlorfrei gebleichtem Papier

ISBN 978-3-440-14829-7
Redaktion: Anja Herre, Annemarie Chiappetta
Lektorat: Nina Schiefelbein
Produktion, Layout und Satz: DOPPELPUNKT, Stuttgart
Druck und Bindung: GGP Media GmbH, Pößneck
Printed in Germany / Imprimé en Allemagne

Die drei ???®
und der unsichtbare Passagier

Unverhofft

»Wäre es sehr unhöflich, wenn ich sage, dass ich mich über den Wasserrohrbruch in eurem Haus total freue?« Schmunzelnd knuffte Peter Shaw seinen Freund Bob Andrews in die Seite.

»Unter normalen Umständen würde ich das eindeutig mit ›Ja‹ beantworten.« Bob grinste. »Und dann würde ich dich fragen, ob du noch alle Tassen im Schrank hast.«

Auch Justus Jonas lächelte breit und mischte sich in das Gespräch seiner beiden Detektivkollegen ein. »Welch ein Glück, dass es sich hier *nicht* um normale Umstände handelt, sondern um eine wahrlich spezialgelagerte Sondersituation.«

»Genau«, stimmte Bob zu. »Für Mom und Dad tut es mir natürlich leid, dass wir unseren Familien-Kurzurlaub nun nicht gemeinsam antreten können. Aber mit euch beiden wird's bestimmt auch eine lustige Fahrt.«

»Darauf kannst du dich verlassen!« Strahlend lehnte sich Peter in seinem bequemen Massage-Polstersessel zurück. »Ich kann immer noch nicht fassen, dass deine Eltern ihre Tickets einfach so auf Just und mich übertragen haben.«

»Sonst wären die Fahrkarten verfallen«, erklärte Bob. »Und weil das Rohr punktgenau in der Nacht vor der Abfahrt geplatzt ist, war das die bestmögliche Lösung.«

Justus nickte. »Des einen Leid, des anderen Freud. Für Mrs und Mr Andrews fällt dieses Wochenende buchstäblich ins Wasser, aber dafür kommen wir in den unverhofften Genuss einer Traumreise.«

»Wahre Worte …« Versonnen blickte Peter durch die riesige Panoramascheibe des prunkvoll ausgestatteten Erste-Klasse-Aussichtswagens. Soeben hatte der *Coast Imperial*, ein landesweit berühmter Luxus-Fernzug, den malerischen Rincon Beach Park nordwestlich von Los Angeles passiert und fuhr nun direkt an der pazifischen Steilküste entlang Richtung San Francisco.

Der Ausblick war überwältigend. Heftige, durch mitgeführten Wüstenstaub rötlich schimmernde Böen, die sogenannten Santa-Ana-Winde, wühlten den tiefblauen Ozean auf. Im Licht der kalifornischen Herbstsonne glitzerten die schneeweißen Schaumkronen abertausender Wellen und am wolkenlosen Himmel zogen unzählige Möwen und Seeschwalben ihre Kreise. Auch die übrigen Passagiere genossen sichtlich das spektakuläre Zusammenspiel von Farben, Licht und Weite.

»Ja, so lässt es sich aushalten«, stellte Bob wohlig seufzend fest und ließ sich von einem diensteifrigen Steward sein halb leeres Glas mit eisgekühlter Cola auffüllen.

Selig griff Justus in die vor ihm stehende Kristallschale mit aromatisierten Pistazien. »Laut Werbung zählt unsere Route übrigens zu den eindrucksvollsten Strecken des Kontinents.« Er entfaltete einen der ausliegenden Prospekte und las mit vollmundigem Tonfall vor: »Erleben Sie auf Ihrer Reise von Los Angeles nach Seattle ein einzigartiges Zugabenteuer entlang der amerikanischen Westküste! Tauchen Sie ein in eine atemberaubende Landschaftsvielfalt – von der endlosen Weite des Pazifiks über die schneebedeckten Gipfel des Kaskadengebirges bis hin zu den üppigen Wäldern und blühenden Tälern Oregons.«

Auch Peter hatte sich einen Prospekt geschnappt und fuhr vergnügt fort: »Genießen Sie eine Vielzahl an Attraktionen in einem Zug der Superlative! Zwei sonderangefertigte Panoramawagen mit Vollverglasung bieten eine unübertroffene Rundumsicht und unser prunkvoller Salonwagen im viktorianischen Stil lässt den schwelgerischen Luxus vergangener Zeiten wieder aufleben. Neben einer gut sortierten Bibliothek stehen Ihnen dort zahlreiche Ruhenischen zur Verfügung. Hier können Sie bei stimmungsvoller Musik die raffinierten Deckenprojektionen des kanadischen Lichtkünstlers Irvin Trudeau auf sich wirken lassen.«

Bob nickte. »Hab ich vorhin schon gemacht, als ihr noch mit Auspacken beschäftigt wart. Die Einrichtung im Salon ist grandios! Überall edle Hölzer und kostbare Orientteppiche. Sogar einen Kamin mit Kunstfeuer gibt's da, man kommt sich vor wie in so einem Gentlemen's Club aus dem 19. Jahrhundert. Die ganze Zeit denkt man, gleich tritt ein englischer Lord durch die Tür. Und die Auswahl an Büchern ist echt beeindruckend.«

»Man höre und staune!«, erwiderte Justus. »Diesen Prachtsalon werde ich auf jeden Fall mal in Augenschein nehmen.«

»Du wirst es nicht bereuen«, versprach der dritte Detektiv. »Allerdings scheint der Salon extrem beliebt zu sein, jedenfalls war er vorhin rappelvoll. Du musst also Geduld mitbringen, wenn du da einen Sitzplatz ergattern willst.«

»Gut zu wissen.« Gespannt überflog Justus die weiteren Angebote. »Es ist wirklich unglaublich, was dieser Zug alles zu bieten hat. In Wagen zwei gibt's sogar ein Kino! Es ist in der unteren Etage eines Doppelstockwagens eingerichtet. So kann man ganz bequem oben entlanggehen, während die Zuschauer unten in Ruhe ihren Film genießen.«

»Das System mit den zwei Ebenen gibt es mehrfach«, bestätigte Peter. »Zum Beispiel beim Pool in Wagen vier.« Er grinste. »Wäre ja auch etwas seltsam, wenn ständig Leute in Straßenklamotten durchs Schwimmbad latschen würden.«

Gut gelaunt betrachtete Bob die letzte Seite seines Prospekts. »Ansonsten gibt es noch die beiden Superior-Schlafwagen mit ›Relax-Garantie‹, ein durchgängig geöffnetes Drei-Sterne-Restaurant einschließlich französischem Promi-Koch, ein bordeigenes Fitnesscenter und nicht zu vergessen die perfekt schallisolierte *Disco World*, die wir vorhin ja schon kennengelernt haben.«

»Allerdings«, brummte Justus ungehalten. »Diese schräge Truppe aus der Werbebranche, die da einen großen Abschluss feiert … Da floss der Alkohol nicht in Strömen, sondern schon in Sturzbächen.«

»Wahrscheinlich brauchen sie das, um die grässliche Musik zu ertragen«, vermutete Peter. »Wir sind ja nur kurz durchgelaufen, aber mir dröhnen immer noch die Ohren.«

Bob nickte. »Geht mir genauso. Diese Attraktion sollten wir künftig also lieber meiden.«

»So ist es«, stimmte Justus zu. »Schließlich wollen wir ja in erster Linie jenen Vorzug genießen, für den der *Coast Imperial* vor allem bekannt ist: himmlische Entspannung.«

»Apropos Entspannung«, gab Peter zurück und deutete unauffällig auf einen Mann, der zum wiederholten Mal den Gang entlangtigerte und dabei hektisch vor sich hinflüsterte. »Der flatterige Typ da hat den Sinn dieser Zugreise wohl nicht ganz verstanden. Der sieht aus, als ob er vor Nervosität gleich abhebt.«

Neugierig warfen Justus und Bob einen Blick auf den circa vierzigjährigen, spindeldürren Mann in einem schlecht sitzenden dunkelgrauen Anzug, auf dessen Halbglatze trotz des angenehm temperierten Raums unzählige Schweißperlen glitzerten. Gerade erreichte er das Ende des Wagens und drehte sogleich wieder um.

»In der Tat, ein zuckendes Nervenbündel«, erwiderte der Erste Detektiv stirnrunzelnd.

»Huiuiui«, entfuhr es Bob. »Jetzt ist der Kerl auch noch an der Jacke dieses dicken Manns mit Cowboyhut hängen geblieben.«

»Aber mit Karacho!« Peter konnte sich ein Grinsen nicht verkneifen. »Durch den Ruck hätte sich die Bohnenstange ja beinahe in der Luft überschlagen.«

»Und der Dicke schimpft wie ein Rohrspatz, weil er glaubt, seine Designerjacke sei beschädigt worden«, stellte Justus fest.

Bob verengte die Augen. »Womit ist der Dürre da eigentlich hängen geblieben? Sieht aus … wie ein silbernes Herrenarmband.«

»Wer trägt denn *Herrenarmbänder*?«, fragte Peter belustigt.

»Offenbar Herren mit einer Vorliebe für Armbänder«, erwiderte Justus mit entwaffnender Logik.

Bob tippte auf sein rechtes Handgelenk. »Ist bestimmt nicht das erste Mal, dass der Typ mit irgendwem aneinanderrasselt – der Silberklunker ist doch viel zu klobig für sein dürres Ärmchen.«

»Stimmt«, schloss sich Peter an. »Ich hatte kurz gedacht, diese hypernervöse Vogelscheuche wäre irgendwo ausgebüxt und hätte noch Handschellen an. Aber dafür sieht das Ding dann doch zu kostbar aus.«
Inzwischen hatte der dürre Mann den wutschnaubenden Hutträger einfach stehen lassen und war im Eilschritt aus dem Panoramawagen gestürmt.
»Eins steht jedenfalls fest«, ergriff Justus wieder das Wort. »Der Zittertyp hat einen erholsamen Urlaub dringend nötig.«
»Dann ist er hier ja goldrichtig«, bekundete Bob und blickte wieder auf seinen Prospekt. »Im Unterschied zum deutlich weniger luxuriösen *Coast Starlight* hält unser Zug auf dem Weg zum Zielbahnhof Seattle nur an drei Zwischenstationen. So gibt es auf der Reise kaum Störungen und man kann die 33 Stunden Fahrzeit voll und ganz genießen.«
»Also, wenn's nach mir ginge, dürfte unsere Reise auch gerne noch länger dauern«, erklärte der Zweite Detektiv.
»Vergiss nicht, dass wir von Seattle aus ja auch noch nach Los Angeles zurückfliegen müssen, bevor am Montag die Schule wieder anfängt«, gab Justus zu bedenken.
Peter stöhnte leise und winkte ab. »Also, wenn auf unserem Wochenendtrip wirklich die Entspannung im Mittelpunkt stehen soll, beantrage ich hiermit, dass das Stichwort ›Schule‹ aus sämtlichen Gesprächen verbannt wird.«
Justus und Bob hoben gleichzeitig den Arm. »Antrag angenommen!«

Die nervöse Vogelscheuche

Die folgende Stunde verbrachte jeder der Jungen nach eigenen Vorlieben. Zum Abendessen fanden sie sich dann wie verabredet im noblen, mit dunklem Holz vertäfelten Restaurantwagen zusammen.

Skeptisch ließ Peter seinen Blick über die aufgeschlagene Speisekarte schweifen. »Coquille Saint-Jacques, Pot-au-feu, Bœuf bourguignon, Crêpes Suzette – aus diesen überkandidelten französischen Namen wird doch kein Mensch schlau! Wenn ich da etwas bestelle und denke, ich kriege ein schönes Steak, bekomme ich wahrscheinlich geschmorte Lurchleber auf Brennnesselsalat serviert.«

»Sofern du geneigt wärst, deinen Blick auf die rechte Spalte der Karte zu richten, so findest du dort sämtliche Übersetzungen der Speisen«, klärte ihn der Erste Detektiv auf.

»Wahlweise kannst du auch gleich Seite 11 aufschlagen«, ergänzte Bob. »Da gibt's eine beachtliche Auswahl an Burgern, Hotdogs, Spareribs und Burritos – Missverständnisse ausgeschlossen.«

Mit glänzenden Augen blätterte Peter zur genannten Seite. »Herrlich! Das habe ich mir nach dem Training in der *Sport Lounge* redlich verdient.« Fröhlich blickte er seine Freunde an. »Und was habt ihr in der Zwischenzeit so getrieben?«

»Den Horizont bei einem Reisequiz erweitert«, entgegnete Bob, während er die Pizza- und Pasta-Spezialitäten überflog. »Gewonnen habe ich zwar nichts, aber dafür weiß ich jetzt so einiges über die Attraktionen unserer Route. Zum Beispiel,

dass wir morgen Vormittag den imposanten Mount Shasta erreichen. Mit einer Höhe von über 4.300 Metern ist er nicht nur einer der höchsten Berge Kaliforniens, sondern auch der zweithöchste Vulkan in ganz Amerika.«
»Vulkan?!«, entfuhr es dem Zweiten Detektiv. Unwillkürlich fühlte er sich an eine der letzten Geschichtsstunden erinnert, in der sie die antike Stadt Pompeji und ihren Untergang während des katastrophalen Ausbruchs des Vesuvs durchgenommen hatten. In derselben Sekunde war Peter von sich selbst genervt, weil er doch tatsächlich schon wieder an die Schule dachte.
»Kein Grund zur Panik«, beschwichtigte Bob. »Der letzte Ausbruch des Mount Shasta war 1786. Du kannst dich also ganz entspannt auf ein großartiges Bergpanorama freuen.«
In diesem Moment trat ein weiß uniformierter Kellner an ihren Tisch und nahm die Bestellungen auf. Anschließend war Justus an der Reihe, von seinen Erlebnissen zu berichten.
»Auf Bobs Tipp hin war ich im Salonwagen und habe die prachtvolle Einrichtung bestaunt. Wenn Onkel Titus das sehen würde –« Plötzlich hielt er inne und blickte zur gegenüberliegenden Seite des Restaurants. »Sagt mal, kann es sein, dass da am Bartresen unsere flattrige Bohnenstange sitzt?«
Überrascht blickten seine Freunde sich um.
»Stimmt, das ist er!«, bestätigte der Zweite Detektiv.
»Und der gute Mann scheint ziemlichen Durst zu haben«, stellte Justus fest, nachdem der Hagere soeben mit zittriger Hand sein Rotweinglas ergriffen, in einem einzigen Zug geleert und sofort neu bestellt hatte.

»Eine übernervöse Vogelscheuche mit Herrenarmband und Rotwein-Tick«, fasste Bob ihre Beobachtungen zusammen.
Grübelnd verengte Justus die Augen. »In der Tat eine höchst eigenartige Person … Und je länger ich mir den Mann anschaue, desto weniger glaube ich, dass er einfach nur einen schlechten Tag erwischt hat.« Gedankenverloren zupfte der Erste Detektiv an seiner Unterlippe. »Nennt mich ruhig paranoid, aber mein Instinkt sagt mir, dass ›Mister Rotwein‹ sich von irgendwem oder irgendetwas bedroht fühlt.«
»Be…droht?« Peter hoffte inständig, sich verhört zu haben. »Du willst doch nicht ernsthaft behaupten, dass in diesem wunderbaren Erholungsparadies eine Gefahr lauert?!«
Abwehrend hob Justus die Hand. »Ich will überhaupt nichts dergleichen behaupten. Es ist lediglich ein … detektivisches Gefühl, dass hier irgendetwas nicht stimmt.«
Bob seufzte leise. »Und wegen deines ›detektivischen Gefühls‹ sollten wir der Sache auf den Grund gehen, richtig?«
»Keine Sorge, um mein Hirngespinst kümmere ich mich schon selber«, entgegnete Justus spitz. »Bis unser Essen kommt, dauert es sicherlich noch eine Weile. Zeit genug, um dem Mann einen kleinen Besuch abzustatten.«
Ohne eine weitere Antwort seiner überrumpelten Freunde abzuwarten, stand der Erste Detektiv auf, ging zum Tresen hinüber und setzte sich auf den freien Barhocker links neben dem hageren Mann. Dieser bestellte soeben ein weiteres Glas Rotwein und umklammerte es anschließend so fest, als befürchte er, dass es ihm sonst weggeschnappt werden könnte. Sein starr geradeaus gerichteter Blick verlor sich irgendwo in den endlosen Tiefen der Spiegelwand hinter dem prachtvol-

len Flaschenregal, dessen Auswahl von schottischem Hochlandwhisky bis zum bolivianischen Nationalschnaps Singani reichte. Gleichzeitig murmelte er die ganze Zeit vor sich hin, allerdings ohne dass Justus etwas Zusammenhängendes verstehen konnte. Lediglich zwei Wörter glaubte er wiederholt herausgehört zu haben. Das eine klang wie ›Artu‹ oder ›Arto‹ und das andere wie ›Pleuro‹, doch mit beidem konnte er nichts anfangen. Schließlich gab sich der Erste Detektiv einen Ruck und wandte sich zu dem Flüsterer um. »Verzeihen Sie die Störung, Sir, aber kann –«

Als wäre ein Stromstoß durch seinen Körper geschossen, zuckte der Mann so heftig zusammen, dass ein Großteil seines Weins auf den Tresen schwappte.

»Oh, das tut mir furchtbar leid!«, beteuerte Justus, während er hastig mehrere Papierservietten aus einem Spender zupfte und den sich ausbreitenden roten See einzudämmen versuchte. »Es war gewiss nicht meine Absicht, Sie zu erschrecken. Ich wollte mich lediglich nach Ihrem Befinden erkundigen, weil Sie so angespannt wirken. Kann ich Ihnen vielleicht irgendwie helfen?«

Mit hochrotem Kopf drehte der dürre Mann sich nun zu Justus um und ergoss einen wutschäumenden Wortschwall über ihn. »Ob du mir helfen kannst, nachdem du mich zu Tode erschreckt und meinen Bordeaux über den halben Tresen verteilt hast?? Aber sicher! Ich würde unglaublich gerne herausfinden, ob meine Schuhsohle gut zu deinem breiten Hintern passt! Und wenn du keinen Wert darauf legst, dass wir hier und jetzt die Antwort ermitteln, solltest du schleunigst abdampfen! War das so weit verständlich?«

»N-natürlich …«, gab Justus betreten zurück. Er stand auf und wandte sich zum Gehen, doch da spürte er, wie ein Finger energisch auf seine Schulter klopfte. Überrascht und mit neu aufkeimender Hoffnung, doch noch ein Gespräch führen zu können, blickte der Erste Detektiv sich um. Aber der Mann streckte ihm lediglich auffordernd die Hand entgegen. »Achtzehn Dollar.«

Konsterniert fiel Justus der verschüttete und offenbar unverschämt teure Wein wieder ein. Notgedrungen zückte er seine Geldbörse und überreichte mit versteinerter Miene den geforderten Betrag. Dann kehrte er wie ein begossener Pudel zu seinen Freunden zurück, die ihre Belustigung über das kuriose Schauspiel nur schwer unterdrücken konnten.

»Und?«, fragte Peter grinsend. »Konntest du dem Mann mit Rat *und Tat* zur Seite stehen?«

»Sehr witzig«, knurrte Justus. Sogar das inzwischen servierte Essen konnte ihn nicht aufheitern. »Wenn jemand keine Hilfe will, kann ich sie ihm ja nicht aufzwingen. Dennoch bestätigt diese Überreaktion ja nur meinen Verdacht, dass irgendetwas mit ihm nicht stimmt.«

»Selbst wenn's so ist, werden wir es nicht mehr erfahren«, stellte Peter erleichtert fest und wies zum Bartresen, von dem sich der dürre Mann soeben erhob.

Bob grinste spöttisch. »Justs Überfall hat der Vogelscheuche wohl den Durst verdorben.«

Unauffällig beobachteten die Jungen, wie der Mann auf den Ausgang zuschwankte und durch die Verbindungstür in den nächsten Wagen verschwand. Anschließend widmeten sie sich eine Weile schweigend ihren jeweiligen köstlich zubereiteten Speisen. Dann stoppte der Zweite Detektiv plötzlich die Gabel kurz vor seinem Mund und deutete mit ihr zum Tresen hinüber. »Unter dem Barhocker, auf dem der Zittertyp gesessen hat – da liegt was.«

»Könnte ein Handschuh sein«, stellte Justus fest. »So einer lugte vorhin aus seiner Jackentasche heraus.« Plötzlich witterte er eine Chance, doch noch hinter das Geheimnis des Flüsterers zu kommen. Hastig wandte er sich zu Bob um. »Okay – schnapp dir das Ding und bring es dem Typen. Vielleicht lässt er sich aus Dankbarkeit ja auf ein kurzes Gespräch ein, bei dem du irgendwas herausbekommen kannst.«

Irritiert hob Bob die Augenbrauen. »Warum denn *ich*? Mach das doch selber!«

»Würde ich ja«, gab Justus genervt zurück. »Aber nach der Sache von vorhin denkt der am Ende noch, ich sei ein Stalker. Und unser Zweiter würde ihn mit seiner Körpergröße vielleicht einschüchtern.«

»Da muss ich zustimmen«, pflichtete Peter rasch bei. Er war heilfroh, sich ausnahmsweise mal aus allem heraushalten zu können, ohne als Angsthase vom Dienst abgestempelt zu werden. »Von uns dreien machst du eben den vertrauenswürdigsten Eindruck. Nimm's einfach als Kompliment.«

»Schon gut, schon gut«, fauchte Bob und stand auf. »Ich beuge mich dem Mehrheitsbeschluss …«

Justus nickte zufrieden. »Das nenne ich wahren Detektivgeist. Und keine Sorge – du wirst nicht lange suchen müssen. In dieser Richtung folgt nur noch der Salonwagen, danach endet der Zug mit dem Gepäckwaggon.«

»Na, wenigstens etwas.« Missmutig ging Bob zur Bar und

hob beiläufig den Gegenstand vom Boden auf. Es handelte sich tatsächlich um einen hellen, offenbar ziemlich edlen Lederhandschuh, in dessen Innenseite der Name Ray Whitty eingestickt war.

Während der dritte Detektiv nun seinen Weg fortsetzte, ging – vermutlich infolge einer Gleis-Unebenheit – plötzlich ein heftiger Ruck durch den *Coast Imperial*. Bob, der gerade die Automatiktür geöffnet hatte, geriet ins Straucheln und stieß im Verbindungsstück zwischen den beiden Wagen gegen einen rothaarigen, gut zwei Köpfe größeren Mann, der seinerseits das Gleichgewicht verlor und fluchend seitwärts taumelte. Mit einer hastig gemurmelten Entschuldigung öffnete der dritte Detektiv die Tür und trat ein. Im Salon herrschte einige Unruhe. Durch den starken Ruck war eine junge Frau gestolpert und der komplette Inhalt ihrer Handtasche hatte sich auf dem Teppichboden verstreut. Zwei Herren in eleganten Anzügen eilten ihr soeben zu Hilfe, und auch Bob beteiligte sich, ohne zu zögern, am Aufsammeln der herumliegenden Gegenstände. Überschwänglich bedankte sich die Dame und nahm wieder in ihrem Sessel Platz. Erst jetzt bemerkte Bob, dass es in dem luxuriös eingerichteten Wagen immer noch genauso voll war wie bei seinem ersten Besuch, deshalb dauerte es eine Weile, bis er sich einen Überblick verschafft hatte. Das Ergebnis seines Kontrollgangs versetzte ihn jedoch in schiere Fassungslosigkeit: Der übernervöse Mann, der vor wenigen Augenblicken diesen letzten Passagierwagen des Zugs betreten hatte, war spurlos verschwunden!

Unmöglich, aber wahr

Nachdem er seine erste Entgeisterung überwunden hatte, zwang sich Bob zu einer logischen Bestandsaufnahme des bizarren Vorfalls. Eines stand völlig außer Zweifel – der Mann konnte unmöglich bei voller Fahrt und geschlossenen Fenstern den Zug verlassen haben. Doch wo steckte er? Zögernd trat Bob an die Verbindungstür zum Gepäckwaggon, doch diese war, wie er es bereits vermutet hatte, fest verschlossen. In dieser Richtung konnte der Zittertyp den Salon also auch nicht verlassen haben. Aber ebenso wenig auf der gegenüberliegenden Seite – das hätten sie doch bemerkt! Und die nächste Toilette befand sich am anderen Ende des Restaurantwagens nebenan. Es blieb dem dritten Detektiv somit nichts anderes übrig, als unter den Anwesenden herumzufragen, ob sich jemand an den Verschwundenen erinnern konnte. Dies musste natürlich mit Fingerspitzengefühl und vor allem leise geschehen, da einige Passagiere in den bequemen Ruhenischen eingeschlummert waren.
In der folgenden Viertelstunde befragte Bob alle der etwa dreißig wachen Fahrgäste einschließlich des immer noch grimmig dreinschauenden Rotschopfs, der inzwischen in einem Sessel am Kopf des Salonwagens Platz genommen hatte. Die Antworten brachten ihn leider keinen Schritt weiter. Nur wenige Leute hatten den dürren Mann in den Salon kommen sehen. Die meisten von ihnen vermuteten, dass er sich wohl wieder nebenan im Restaurant aufhalte, einer mutmaßte, dass er sich in seine Kabine zurückgezogen habe, da er gesundheit-

lich angeschlagen ausgesehen habe. Die letzte Befragte war eine soeben aus einem Schläfchen erwachte ältere Dame, die sich gleich redselig als Mrs Lockwood vorstellte.
»Ein überaus schlanker Mann mit Halbglatze und grauem Anzug?«, fragte sie erstaunt und deutete auf den leeren Platz neben sich. »Aber ja, der hat vor ein paar Minuten noch neben mir gesessen, bevor ich kurz eingenickt bin.« Verlegen hielt sie sich eine Hand vor den Mund. »Oje – hoffentlich habe ich ihn nicht mit meinem Schnarchen verjagt. Mein seliger Mann Basil hat es nachts ja nur mit Ohrstöpseln neben mir ausgehalten und –«
»Machen Sie sich deshalb bitte keine Gedanken«, dämmte Bob ihren Redeschwall ein und fügte dann leise an: »Ich bin sicher, dass sein Verschwinden andere Gründe hatte …«
Der dritte Detektiv konnte das alles nicht fassen. Dieser Zittertyp war definitiv vom Restaurant aus in den Salonwagen gewechselt, und zwischen seinem Fortgang und Peters Entdeckung des Handschuhs hatten allerhöchstens zehn Minuten ohne Halt des Zuges gelegen. Wohin war der Mann also verschwunden? Vollkommen verwirrt kehrte Bob ins Restaurant zurück und erzählte seinen bereits gespannt wartenden Freunden von dem unglaublichen Ereignis.
»Das gibt's doch nicht!«, entfuhr es Peter. »Der Mann kann sich doch nicht in Luft aufgelöst haben!«
»Vollkommen richtig«, bestätigte Justus sachlich. »Und das hat er auch nicht, denn ein solcher Vorgang ist physikalisch unmöglich.«
Bob verdrehte die Augen. »Dass der Typ sich nicht spontan in seine Atome zerlegt hat, ist mir auch klar. Aber wie kann

es sein, dass ein Mann in einen Raum geht und wenig später nicht mehr drin ist, obwohl er ihn nicht verlassen hat?«
»Exakt diese Frage gilt es zu klären …« Mit angespannten Gesichtszügen verschränkte Justus die Arme vor der Brust.
»Hast du denn wirklich *alle* Leute im Salon befragt?«, erkundigte sich Peter ungläubig.
»Alle bis auf drei, die so fest schliefen, dass sie garantiert auch in den Minuten davor nichts mitbekommen haben.«
»Nun gut.« Nach einem tiefen Atemzug stand Justus auf. »Dann werden Peter und ich uns jetzt ebenfalls einen Eindruck vom Ort des Geschehens verschaffen.« Er lächelte Bob aufmunternd zu. »Währenddessen kannst du dich erst mal bei einem Dessert erholen und uns die Plätze frei halten. Wenn wir zurück sind, hat sich die ganze Sache ja vielleicht schon aufgeklärt.«
»Na, hoffentlich«, brummte der Zweite Detektiv. »Auf unsichtbare Vogelscheuchen kann ich gut verzichten …«

Als die beiden Jungen den Salonwagen betraten, hielt Peter angesichts der allgegenwärtigen Pracht staunend inne.
»Wow … Bob hat wirklich nicht übertrieben. Man kommt sich so vor wie in einem alten englischen Film.«
»Abgesehen vom Modegeschmack der anwesenden Personen«, erwiderte Justus mit Blick auf so manche Jeans und Turnschuhe. »Da fehlt es einigen doch ein wenig an Stilbewusstsein.«
Spöttisch deutete der Zweite Detektiv auf das Sweatshirt seines Freundes. »Na, wie ein britischer Gentleman siehst du auch nicht gerade aus.«

»Das mache ich spielend mit meiner herrschaftlichen Ausstrahlung wett«, konterte Justus grinsend und schritt betont würdevoll zum anderen Ende des Wagens. Dort überzeugte er sich mit einem unauffälligen Griff zur Verbindungstür davon, dass sie tatsächlich abgeschlossen war. Anschließend postierten die Jungen sich seitlich des Kamins vor dem gewaltigen Bücherregal, das fast die gesamte rechte Längsseite des Salons einnahm. Während Justus in einem dicken Lexikon zu blättern begann, lugte Peter über eine aufgeschlagene Zeitschrift hinweg von Sitznische zu Sitznische.

»Wenn ich's richtig sehe, sind es immer noch drei Leute, die schlafen«, flüsterte der Zweite Detektiv und blickte zu einem untersetzten, weißbärtigen Mann mit brauner Cordjacke hinüber. »Der Opa mit der dicken Hornbrille hätte wahrscheinlich auch in wachem Zustand kaum etwas mitbekommen. Da ist uns also kein wertvoller Zeuge verloren gegangen.«

»Dasselbe gilt für das junge Pärchen ganz hinten. Die beiden Turteltauben hatten auch vor dem Einschlafen gewiss andere Dinge im Kopf, als auf die Umgebung zu achten.«

»Und nirgendwo eine Spur vom dürren Mann.« Konsterniert ließ Peter zum wiederholten Mal seinen Blick durch den vollen Wagen schweifen. »Als hätte es ihn nie gegeben …«

Unverrichteter Dinge kehrten die Jungen wenig später zu Bob zurück. Ihren Gesichtern war deutlich anzusehen, dass der Abstecher keine Ergebnisse erbracht hatte.

»Also wiederum Fehlanzeige«, knurrte der dritte Detektiv. Stirnrunzelnd stellte er fest, dass der rothaarige Riese, mit dem er vorhin zusammengestoßen war, inzwischen an der Bar saß und gerade ein großes Bier serviert bekam.

»Ein absoluter Reinfall«, lenkte Peter seine Aufmerksamkeit wieder auf den verschwundenen Passagier. »Wir sind keinen einzigen Schritt weitergekommen.«

»In einem gewissen Punkt doch«, entgegnete Justus. »Vorhin habe ich nämlich etwas aufgeschnappt, was der Zittertyp vor sich hin geflüstert hat.«

»Davon hast du uns ja gar nichts erzählt«, beklagte sich Bob.

»Weil es nichts zu erzählen gab«, rechtfertigte sich der Erste Detektiv. »Es ergab nämlich überhaupt keinen Sinn.«

Peter musterte ihn gespannt. »Aber jetzt ist das anders?«

»So ist es. Allerdings wird die ganze Sache dadurch nicht klarer, sondern noch rätselhafter. Im Salonwagen habe ich mir ein Lexikon aus der Bibliothek genommen und aufs Geratewohl nach den beiden Wörtern gesucht, die ich verstanden zu haben glaubte.«

»Ach, dann war das gar keine Tarnung, sondern echte Recherche«, folgerte Peter überrascht.

Justus nickte. »Und es stellte sich heraus, dass es nicht zwei Wörter waren, wie ich zunächst angenommen hatte – nämlich ›Arto‹ und ›Pleuro‹ –, sondern Bestandteile eines einzigen Begriffs. Genauer gesagt handelt es sich um die Gattungsbezeichnung eines ausgestorbenen Gliederfüßers, der vor circa dreihundert Millionen Jahren in Nordamerika und Europa vorkam: *Arthropleura.*«

»Gliederfüßer?«, fragte Bob. »Also eine Art Urzeit-Insekt?«

»Eher ein Urahn der heutigen Tausendfüßer«, präzisierte Justus. »Allerdings nicht irgendeiner, sondern mit einer Länge von zwei Meter fünfzig der größte landlebende Gliederfüßer, der jemals auf der Erde existiert hat.«

Peter, der gerade sein Mineralwasserglas an die Lippen gesetzt hatte, verschluckte sich prompt. »Wie bitte?!?«, entfuhr es ihm. »Ein Riesenkäfer von der Größe eines ausgewachsenen Grizzlybären?! *Deswegen* war der Zittertyp also dermaßen in Panik!«

»Würdest du deinen Gefühlsausbruch bitte etwas mäßigen«, forderte Justus ungehalten. »Wir müssen ja nicht den gesamten Zug in unser Gespräch einbeziehen! Außerdem ist überhaupt nicht gesagt, dass dieses prähistorische Tier in wie auch immer gearteter Form ursächlich für den angeschlagenen Zustand von Mr Whitty war.«

Unschlüssig kratzte sich Bob am Kinn. »Aber zumindest scheint es da eine Verbindung zu geben, sonst hätte er ja nicht ausgerechnet diesen Namen vor sich hin geflüstert.«

Der Erste Detektiv zuckte die Achseln. »Wie ich es ja schon angekündigt hatte – einfacher wird die ganze Angelegenheit durch die neuen Erkenntnisse nicht.«

»Wahrhaftig nicht«, knurrte Peter. »Erst verschwindet ein Typ im Nirgendwo und dann stellt sich raus, dass ein Monstertausendfüßer irgendwas damit zu tun hat!« Zögernd hielt er inne. »Wie war's denn überhaupt möglich, dass es früher solche Ungeheuer gegeben hat? Ich dachte immer, dass Riesenviecher wie zum Beispiel in diesem Ameisenschocker *Formicula* reine Fantasie sind, weil Insekten eine bestimmte Größe nicht überschreiten können. Unser Biolehrer hat uns doch mal einen ellenlangen Vortrag darüber gehalten.« Kaum hatte er den Satz beendet, biss er sich verärgert auf die Unterlippe. Jetzt hatte er doch tatsächlich *schon wieder* an die Schule gedacht!

»Das ist korrekt«, pflichtete Justus bei. »Im Unterschied zum Blutkreislauf bei Säugetieren versorgen sich Insekten bekanntlich durch ein weit verzweigtes Röhrennetz in ihren Körpern mit Sauerstoff.«

»Die sogenannten Tracheen«, ergänzte Bob stolz, weil er etwas zum Vortrag des Ersten Detektivs beitragen konnte.

Justus nickte. »Und dieses Röhrensystem ist dafür verantwortlich, dass heutige Insekten keine Riesendimensionen erlangen können. Je größer nämlich ein Insekt ist, umso mehr Platz benötigen die Tracheen in seinem Inneren. Speziell in den schmalen Beinen können diese Röhren aber nicht unbegrenzt weiterwachsen. Bei einer Körperlänge von etwa siebzehn Zentimetern ist Schluss.«

»Und warum konnte dann dieser Horrorkäfer aus der Urzeit so lang wie ein verflixter Kleinwagen werden?«, fragte Peter.

»Laut dem Lexikoneintrag wegen des damaligen Sauerstoffgehalts in der Luft.« Justus machte eine ausgreifende Handbewegung. »Im Unterschied zu den heutigen etwa einundzwanzig Prozent lag die Sauerstoffkonzentration vor dreihundert Millionen Jahren deutlich höher – bei circa fünfunddreißig Prozent.«

»Verstehe – deshalb konnten damalige Insekten auch mit schmalen Tracheen so große Mengen Sauerstoff aufnehmen, dass ein riesiges Wachstum möglich wurde«, ergänzte Bob.

»Na, dann herzlichen Dank für die entzückenden Informationen«, erwiderte Peter mit verzogenen Mundwinkeln. »Heute Nacht träume ich garantiert davon, wie so ein Monsterkrabbler unter meinem Bett hervorkriecht …«

Justus schmunzelte. »Ich bezweifle, dass es ein Trost für dich ist, aber vor einem solchen Szenario musst du keine Angst haben. Ein ausgewachsener Arthropleura würde nämlich gar nicht erst unter dein Bett passen.«

Auch Bob musste grinsen. »Da könntest also eher du unter diesem Tierchen schlafen als umgekehrt.«

»Schon gut, ich hab's kapiert«, fauchte Peter und rieb sich leise stöhnend die Schläfen. »Mal ehrlich, Leute, können wir den Käfertyp nicht einfach Käfertyp sein lassen und die ganze Sache abhaken? Vielleicht ist er vorhin nach dem Rausgehen ja doch noch mal zurückgekommen, ohne dass wir's gemerkt haben, und dann in die andere Zugrichtung verschwunden. Immerhin waren wir mit Essen abgelenkt.«

»Möglich wäre es, aber doch höchst unwahrscheinlich, weil der Mann direkt an unserem Tisch hätte vorbeigehen müssen«, gab Justus zu bedenken. »Darüber hinaus bestärkt mich sein wirres Geflüster in meinem Eindruck, dass er ein gravierendes Problem hat. Deshalb sind wir es unserer detektivischen Sorgfaltspflicht schuldig, sämtliche zur Verfügung stehenden Suchmöglichkeiten auszuschöpfen.«

Fragend legte Peter den Kopf schief. »Was für Suchmöglichkeiten denn? Wir waren doch schon zweimal im Salonwagen und haben jeden Winkel gründlich kontrolliert!«

»Das ist richtig«, räumte Justus ein. »Aber wir dürfen nicht außer Acht lassen, dass der Salon nur der letzte *Passagier*wagen ist. Das tatsächliche Ende dieses Zuges bildet jedoch –«

»… der Gepäckwaggon«, führte Bob den Satz zu Ende und blickte ihn verwirrt an. »Wir wissen doch aber, dass die Verbindungstür fest verschlossen ist. Da kann der Zittertyp also unmöglich durchgegangen sein.«

Bedächtig schüttelte Justus den Kopf. »Du verwechselst unmöglich mit unwahrscheinlich. In der Tat erscheint es *unwahrscheinlich*, dass der Mann einen Schlüssel zum Öffnen der Tür besaß, aber *unmöglich* ist es keineswegs.«
Skeptisch kratzte sich Peter am Ohr. »Du glaubst also, er ist quer durch den Salon gegangen, hat die Tür entriegelt, ohne dass es einer der anderen Fahrgäste gesehen hat, ist in den Gepäckwaggon gestiegen und hat hinter sich wieder abgeschlossen?«
»Ich habe nicht gesagt, dass ich das glaube, sondern lediglich auf die Möglichkeit hingewiesen, dass es sich so abgespielt haben könnte«, stellte der Erste Detektiv klar.
»Aber warum hätte er das tun sollen?«, fragte Bob verwirrt. »Wollte er sich vor irgendwem in Sicherheit bringen?«
»Vielleicht nicht vor irgend*wem*, sondern vor irgend*was*«, murmelte Peter grimmig. »Etwas mit sehr vielen Beinen …«
»Spekulationen jedweder Art sind zum jetzigen Zeitpunkt absolut nicht zielführend«, erklärte Justus.
Unschlüssig musterte ihn Bob. »Und was heißt das jetzt?«
»Ganz einfach«, erwiderte der Erste Detektiv mit einem altbekannten Glitzern in den Augen. »Bevor wir, möglicherweise völlig sinnlos, den kompletten restlichen Zug abgrasen, sollten wir zunächst einen Weg finden, uns Zutritt zu dem Gepäckwaggon zu verschaffen, und ihn einer gründlichen Durchsuchung unterziehen.«
In diesem Moment ließ eine tiefe Stimme die Jungen zusammenzucken.
»Soso …«

Wiedersehen macht Zweifel

Erschrocken wandten sich die Jungen um – und blickten in das breit lächelnde Gesicht eines hochgewachsenen Mannes mit eisgrauen Haaren, altmodischem Spitzbart und blauer Uniform, deren silberne Knöpfe auf Hochglanz poliert waren.
»Mr Arbuthnott!«, rief Justus überrascht. »Wir haben Ihr Kommen gar nicht bemerkt.«
Der Uniformierte hob entschuldigend die Hand. »Verzeiht, aber durch meine Arbeit in den Ruhezonen bin ich es gewohnt, mich sehr leise zu bewegen.«
»Das können Sie echt spitze«, stellte Peter fest. »Das reinste Phantom.«
Mr Arbuthnott zwinkerte vergnügt. »›Guter Geist des *Coast Imperial*‹ wäre mir als Titel lieber.« Spielerisch mahnend hob er den rechten Zeigefinger. »Aber wir hatten uns doch auf ›Cecil‹ geeinigt, oder?«
Die drei ??? kannten den sympathischen Zugbegleiter seit der Begrüßung am Reisebeginn, als sie kurz ins Gespräch gekommen waren. Sein Alter war nur schwer zu schätzen, aber laut eigener Aussage war er schon beim Startschuss zum Bau der ersten transkontinentalen Eisenbahnlinie im Jahr 1863 dabei gewesen. Entsprechend verfügte Mr Arbuthnott über einen schier unerschöpflichen Schatz an Anekdoten über berühmte Passagiere der Bahngeschichte – vom allerersten Milliardär der Welt John D. Rockefeller bis hin zu William Henry Harrison, der als erster amerikanischer Präsident zu seiner Amtseinführung mit der Bahn anreiste.

Außerdem war Mr Arbuthnott nicht nur überaus hilfsbereit, sondern auch stets zu einem Plausch aufgelegt, und seine ansteckende gute Laune schien durch keinen Stress der Welt getrübt werden zu können.

Lächelnd beugte sich der Uniformierte zu den Jungen vor. »Ich wollte euch natürlich nicht belauschen, aber es ließ sich nicht vermeiden, dass ich die Worte ›Zutritt zum Gepäckwaggon‹ aufgeschnappt habe. Darf ich fragen, worum es geht?«

Nach kurzem Blick auf seine nickenden Kollegen bot Justus dem Zugbegleiter an, auf dem freien vierten Stuhl an ihrem Tisch Platz zu nehmen. Dann berichtete er vom übernervösen Mr Whitty und dessen anschließendem mysteriösem Verschwinden. Zum Schluss legte Bob den teuren Lederhandschuh mit dem eingestickten Namen auf den Tisch.

»Hmm …« In Mr Arbuthnotts Stirn hatten sich tiefe Falten gegraben. »Eure Besorgnis ist rührend, aber seid ihr euch tatsächlich sicher, dass ihr euch nicht irrt?«

»Absolut«, erwiderte Bob entschlossen.

»Und nun würdet ihr gerne im Gepäckwaggon nachsehen, ob Mr Whitty sich vielleicht dort aufhält?«

»Nur so könnten wir uns endgültige Klarheit verschaffen«, erklärte der Erste Detektiv. »Falls er nicht da ist, wissen wir, dass er es doch irgendwie geschafft hat, in einem unbeobachteten Moment an uns vorbei in die andere Richtung zu gehen. Dann könnten wir den restlichen Zug nach ihm absuchen, um ihm seinen Handschuh zurückzugeben.«

»Und falls er doch im Gepäckwaggon ist, könnten Sie ihn zur Rede stellen, was er da zu suchen hat«, ergänzte Peter. »Für Passagiere ist der Zutritt ja sicherlich verboten.«

Mr Arbuthnott nickte. »Das stimmt. Außer dem Zugpersonal ist niemandem das Betreten dieses Waggons gestattet. Deshalb ist die Verbindungstür ja auch stets abgeschlossen.«
»Aber Sie … haben einen passenden Schlüssel, richtig?«, fragte Bob vorsichtig.
»Als Chef des Zugpersonals habe ich Zugang zu allen Bereichen, ja.« Grübelnd zupfte sich der Uniformierte an seinem Bart. Dann straffte er sich. »Okay. Es ist zwar nicht ganz regelkonform, aber eine so außergewöhnliche Situation verlangt eben außergewöhnliche Maßnahmen. Nehmen wir den Gepäckwaggon also mal unter die Lupe!«

Zielstrebig durchschritt die kleine Gruppe den immer noch vollen Salon und wechselte nach Entriegelung der Verbindungstür in den anschließenden Waggon über. Der Kontrast hätte kaum stärker ausfallen können. Statt Pracht und Luxus verströmte der Gepäckwaggon eher das karge Flair einer lang gestreckten, bis unters Dach gefüllten Lagerhalle. Auch die Luft war hier deutlich stickiger als im klimatisierten Salonwagen.
Mr Arbuthnott schloss die Tür hinter ihnen wieder und deutete auf den schmalen Gang, der zwischen den Gepäckregalen hindurchführte. »Dann mal los, Jungs! Schaut euch um – aber bitte nichts anfassen, ohne mich zu fragen.«
Justus nickte. »Das versteht sich von selbst, Sir … äh, ich meine natürlich Cecil.« Er blickte seine Freunde an. »Bei der Suche sollten wir auch nach Gegenständen Ausschau halten, die groß genug wären, dass ein Mann sich darin verstecken kann. Also Schrankkoffer, Transportkisten und so weiter.

Achtet auch auf verdächtige Geräusche, sofern das bei dem Fahrtlärm hier drin möglich ist.«
Mit entschuldigender Geste deutete Mr Arbuthnott auf die fensterlosen Metallwände. »Der Gepäckwaggon ist nicht so gut isoliert wie der restliche Zug. Aber in der Regel halten sich hier ja während der Fahrt auch keine Leute auf.«
Tatendurstig trat Bob an das erste Regal auf der rechten Seite heran. »Na, dann wollen wir doch mal sehen, ob ein gewisser Mr Whitty bei dieser Regel eine Ausnahme gemacht hat ...«
Fast eine halbe Stunde lang durchsuchte das Quartett, beständig umgeben vom allgegenwärtigen Rattern der Zugräder, jeden Winkel des riesigen Waggons. Doch von Mr Whitty fand sich nicht die geringste Spur. Zum Schluss standen alle vier vor einem gut zwei Meter hohen, massivstählernen Frischwassertank ganz am Ende des Raums.
»Nach menschlichem Ermessen ist das der letzte denkbare Ort, der als Versteck dienen könnte«, stellte Justus fest.
Verunsichert blinzelte Peter. »Du meinst, jemand hat den Typen ... *umgebracht* und dann da drin verschwinden lassen?!«
»Man muss ja nicht immer gleich vom Schlimmsten ausgehen«, gab der Erste Detektiv mit strengem Tonfall zurück. »Da die Hülle völlig blickdicht ist, kann man von außen ja nicht feststellen, wie es im Inneren aussieht.«
Bob musterte den silbern glänzenden Tank. »Du meinst, wenn sich kein oder nur wenig Wasser da drin befindet, hätte man einen perfekt getarnten Hohlraum.«
»Exakt, Dritter.« Erwartungsvoll schaute Justus zu Mr Arbuthnott hinüber.

»Schon verstanden«, murmelte der Zugbegleiter und stieg seufzend die an der Seite eingelassenen Metallsprossen hinauf. Oben angekommen beugte er sich vor und blickte durch die Sichtscheibe der Verschlussklappe ins Innere. Mit angehaltenem Atem starrten die drei Jungen zu ihm hoch.
»Und?«, fragte Peter nervös.
»Wasser«, verkündete Mr Arbuthnott trocken. »Jede Menge davon.«
Zögernd trat der Erste Detektiv einen Schritt näher heran. »Dürfte ich vielleicht auch mal einen Blick riskieren?«
Die linke Augenbraue des Zugbegleiters wanderte einen guten Zentimeter nach oben. »Glaubst du wirklich, ich könnte einen Mann im grauen Anzug da drin übersehen haben?«
»Aber nein, natürlich nicht«, entgegnete Justus beschwichtigend. »Ich würde mir lediglich gern die Art des Verschlussmechanismus etwas näher anschauen.«
»Wenn's dir Freude macht …«, brummte Mr Arbuthnott und rückte auf der obersten Sprosse ein Stück zur Seite, damit Justus zu ihm hochkommen konnte. Nachdem der Erste Detektiv die Luke eingehend überprüft hatte, stiegen beide wieder nach unten.
»Damit steht nun also fest, dass sich unser Mann irgendwo im restlichen Zug aufhalten muss«, fasste Bob zusammen.
Nachdenklich strich sich Justus eine Haarsträhne aus der Stirn. »Ja, dank Cecils Hilfsbereitschaft haben wir in diesem Punkt nun endgültig Klarheit.«
»Allemal besser, als wenn der Typ aufgedunsen in dem Tank gelegen hätte«, hauchte Peter kaum hörbar.
Inzwischen hatte Mr Arbuthnott ein kleines, an ein Smart-

phone erinnerndes Gerät hervorgeholt und betätigte einige Tasten. Nickend blickte er anschließend auf den Bildschirm. »Okay, dann statten wir als Nächstes Mr Whittys Kabine einen Besuch ab – Nummer 36.«
Auf dem Rückweg zur Verbindungstür blieben die Jungen ein wenig hinter dem Zugbegleiter zurück. Leise sprach Bob den neben ihm gehenden Ersten Detektiv an. »Sag mal, diese Aktion gerade eben, da ging's dir doch nicht wirklich um den Verschluss der Luke, oder?«
»Gut beobachtet, Kollege«, erwiderte Justus im Flüsterton. »So vertrauenswürdig ich Cecil auch finde – bei einer detektivisch so bedeutsamen Kontrolle musste ich mir selber ein Bild der Lage verschaffen.«
Peter schmunzelte. »Wenn's wirklich wichtig ist, muss der Chef eben persönlich ran.«
Bevor Justus darauf antworten konnte, wurde er von Mr Arbuthnott unterbrochen, der inzwischen die Verbindungstür geöffnet hatte und nun lächelnd auf der Schwelle stehen blieb.
»Entwarnung, Jungs – Mr Whitty ist wieder da!«
Rasch eilten die drei ??? zu Cecil und schauten aufgeregt in den Salonwagen. Tatsächlich entdeckten sie neben der älteren Dame, die sich Bob als Mrs Lockwood vorgestellt hatte, einen schlanken Mann mit Halbglatze und grauem Anzug, der bedächtig in einem großformatigen Buch blätterte. Er saß mit dem Rücken zu ihnen, doch nun wandte er seinen Kopf dem Fenster zu und betrachtete den im Licht der Abenddämmerung rotviolett schimmernden Ozean.
Perplex riss Justus die Augen auf. »Das ist nicht der Mann!«

Original oder Fälschung?

»Wie bitte?« Mr Arbuthnott machte ein Gesicht, als habe man ihm gerade erklärt, dass der gesamte *Coast Imperial* in Kürze komplett in Pink angestrichen werde. Auch Bob und Peter waren spürbar irritiert.

Mit einer höflichen Geste bat Justus den Zugbegleiter, wieder einen Schritt zu ihnen in den Gepäckwaggon zu treten, damit die übrigen Passagiere nichts von ihrem Gespräch mitbekamen. »Cecil, mir ist bewusst, wie absurd das klingen muss, aber ich bin überzeugt davon, dass es sich bei dem Mann da drüben nicht um den gesuchten Mr Whitty handelt.«

»Bist du dir da wirklich sicher?«, fragte Bob und verschränkte die Arme vor der Brust. »Für mich ist das der Typ von vorhin, ganz eindeutig.«

Peter nickte. »Geht mir genauso. Gesicht, Figur, Kleidung – alles passt.«

»Ihr wart ja auch nicht so nahe an ihm dran wie ich«, beharrte Justus. »Dieser Mann dort sieht dem Verschwundenen zweifellos verblüffend ähnlich, aber glaubt mir: Er ist es nicht.«

Verwirrt schüttelte Mr Arbuthnott den Kopf. »Du behauptest also, dass dieser Herr dort nicht … der *Richtige* ist?!«

»Wie ich schon sagte, es hört sich grotesk an«, erwiderte Justus. »Und wenn ich mich mit dem echten Mr Whitty vorhin im Restaurantwagen nicht von Angesicht zu Angesicht unterhalten hätte, wären mir die Unterschiede wahrscheinlich gar nicht aufgefallen.«

»Was denn für Unterschiede, zum Kuckuck?«, wollte Peter wissen.
»Es sind nur Kleinigkeiten, zum Beispiel die Nase. Die war beim echten Zittertyp noch schmaler. Und die Augenbrauen lagen etwas tiefer und waren nicht ganz so buschig.«
»Ist das wirklich dein Ernst?«, fragte der Zugbegleiter perplex. »Auch ich erinnere mich vom Einsteigen her noch gut an den Mann, und für mich ist das eindeutig Mr Whitty. Außerdem bin ich keinem anderen Passagier begegnet, der ihm so ähnlich gesehen hätte.« Erwartungsvoll blickte er Justus an, doch die Miene des Ersten Detektivs blieb ungerührt. Hilflos zuckte Mr Arbuthnott nun die Achseln. »Und was stellst du dir jetzt vor, wie ich damit umgehen soll? Ich kann ja wohl schlecht zu dem Mann hingehen und ihm sagen: ›Verzeihen Sie die Störung, Sir, aber ich glaube, Sie sind der Falsche.‹«
»Nein, das ist in der Tat keine praktikable Option«, gab Justus zu. »Vermutlich wäre es das Beste, einfach beim ursprünglichen Vorhaben zu bleiben und ihn wegen des verlorenen Handschuhs zu fragen, ob er Mr Whitty ist.«
»Das ist eine prima Idee«, stimmte Bob zu. »Wenn der Mann dann verneint, wissen wir, dass es sich nur um einen verrückten Zufall handelt.«
»Und wenn er sagt, dass er es ist?«, fragte Peter verunsichert.
Mit konzentrierter Miene ließ Justus seinen Blick zurück in den Salon schweifen. »Dann ist die ganze Sache noch weitaus mysteriöser, als wir bis jetzt annahmen …«
Energisch glättete Mr Arbuthnott die Uniformärmel und rückte seine Mütze gerade. »Oder aber es ist alles völlig un-

kompliziert und harmlos. Vielleicht hast du dich ja doch einfach nur geirrt und dieser Mann ist genau der, nach dem er aussieht, nämlich Mr Whitty.« Er deutete nach vorn. »Ihr haltet euch bitte zunächst im Hintergrund. Der arme Mann soll ja nicht denken, dass eine Jugendbande hinter ihm her ist.«

Zunächst verschloss Mr Arbuthnott die Tür zum Gepäckwaggon wieder sorgfältig, dann folgten ihm die Jungen mit leichtem Abstand zurück in den Salon. Doch noch ehe der Zugbegleiter die richtige Ruhenische erreicht hatte, hob plötzlich Mrs Lockwood ihren Arm und winkte mit leuchtenden Augen dem dritten Detektiv zu.

»Huhu, junger Mann! Hier ist der Fahrgast, nach dem Sie sich erkundigt hatten!«

Notgedrungen musste das Quartett den ursprünglichen Plan aufgeben und trat nun gemeinsam an den verdutzt dreinblickenden Anzugträger heran. Bei einem unauffälligen Blick auf das große Buch in seinen Händen stellte der dritte Detektiv fest, dass es sich um einen Bildband über die französische Gartenkunst der Renaissancezeit handelte.

Freudig machte Mrs Lockwood, in deren Schoß eine große Tüte mit Eukalyptusbonbons lag, eine einladende Handbewegung in Richtung Bob. »Jetzt kannst du dem Herrn also doch noch dein Anliegen vortragen.«

»Anliegen?«, frage der Mann verwirrt.

»Die Sache ist folgende«, ergriff nun Mr Arbuthnott das Wort und holte den Handschuh hervor. »Dieser Lederhandschuh ist vorhin im Restaurant von den Jungen hier gefunden worden. Und nun –«

»Da ist ja das gute Stück!«, unterbrach ihn der dürre Mann freudig, legte das Buch beiseite und zog zur Verblüffung des Ersten Detektivs nun seinerseits einen hellen Handschuh aus seiner linken Anzugtasche. »Ich hatte ihn schon vermisst und einem Steward deswegen Bescheid gesagt.« Mit heiterer Miene zückte er seine Geldbörse, nahm einen Zwanzig-Dollar-Schein heraus und hielt ihn dem am nächsten stehenden Bob hin. »Hier, mein Junge. Für die ehrlichen Finder ein kleines Dankeschön.«

»Äh …« Unschlüssig blickte der dritte Detektiv den dargebotenen Geldschein an.

»Zu freundlich, Sir«, sprang ihm Justus zur Seite, »aber für so eine Selbstverständlichkeit nehmen wir natürlich kein Geld an.«

Mit respektvollem Lächeln steckte der Mann die Banknote zurück in die Geldbörse.

»Na wunderbar, dann hat sich ja alles geklärt«, stellte Mr Arbuthnott zufrieden fest und wollte sich gerade zum Gehen umwenden, da meldete sich Justus nochmals zu Wort.

»Dürfte ich noch fragen, wo Sie sich in der letzten Stunde aufgehalten haben? Wir wollten Ihnen den Handschuh unbedingt zurückgeben, konnten Sie aber nicht finden.«

»Das war auch gar nicht möglich«, erwiderte der Mann. »Nachdem ich das Restaurant verlassen hatte, bin ich in meine Kabine gegangen, um einige geschäftliche Telefonate zu führen. Erst vor wenigen Minuten kehrte ich dann hierher zurück, um noch ein wenig zu lesen.«

»Aber bevor Sie in Ihre Kabine gegangen sind, waren Sie doch kurz im Salon, richtig?«, erkundigte sich Peter.

»Wir sind uns nämlich sicher, dass Sie das Restaurant in diese Richtung verlassen haben«, ergänzte Bob. »Deshalb waren wir ja so verwundert, dass Sie –«

»Das klingt ja so, als hättet ihr mir nachspioniert«, schnitt ihm der Mann harsch das Wort ab. Schlagartig war sein Lächeln verschwunden. Mit forschem Blick wandte er sich an Mr Arbuthnott. »Ich weiß ja nicht, worauf das hier hinauslaufen soll, aber als Fahrgast bin ich wohl kaum dazu verpflichtet, über jeden Schritt hier im Zug genau Buch zu führen. Falls Sie das anders sehen, können wir dieses Gespräch gerne in Anwesenheit Ihres Vorgesetzten weiterführen.«

»Das wird selbstverständlich nicht nötig sein, Sir«, erwiderte der Zugbegleiter rasch und umfasste mit sanfter, aber bestimmter Geste die Schultern von Bob und Justus. »Die jungen Herrschaften sind in ihrem wohltätigen Eifer ein wenig übers Ziel hinausgeschossen, sehen Sie ihnen das bitte nach.«

»In der Tat, wir wollten keinesfalls Ihr Missfallen erregen«, pflichtete der Erste Detektiv höflich bei. »Unser einziges Ansinnen war, das Fundstück seinem rechtmäßigen Besitzer zu überreichen, und das ist ja nun geschehen.«

»Jaja, schon gut …«, murmelte der Mann und widmete sich dann demonstrativ wieder seinem Buch.

Zurück im Restaurantwagen blickte Mr Arbuthnott die Detektive mit strenger Miene an. »Hört mal, Jungs, ich mag euch wirklich gern, aber wenn ihr die Passagiere verärgert, kann ich große Schwierigkeiten bekommen.« Kopfschüttelnd wischte er sich über die feuchte Stirn. »Euer Engagement in allen Ehren, aber das Wohlbefinden unserer Fahr-

gäste genießt allerhöchste Priorität. Das ist eine Grenze, die einfach nicht überschritten werden darf.«
»Das verstehen wir vollkommen«, erwiderte Justus, »und wir möchten uns für die Unannehmlichkeiten entschuldigen.«
»Wird bestimmt nicht wieder vorkommen«, fügte Peter eilig an.
Der Zugbegleiter nickte. »Okay, dann haken wir das ganze Thema ›Whitty‹ jetzt als Missverständnis ab. Jeder kann sich mal irren, das ist ja keine Schande.«
»Vielen Dank, Cecil«, erwiderte Bob.
»Schon okay.« Mr Arbuthnott lächelte. »Ich habe mich übrigens auch mal heftig vertan. Das muss irgendwann in den Fünfzigern gewesen sein – im *20th Century Limited*, einem damals sehr berühmten Nachtreisezug auf der Strecke von New York nach Chicago. Da war ich als Kabinenpage für einen Mann zuständig, der laut Passagierliste Archibald Alexander Leach hieß. Ich war mir aber hundertprozentig sicher, dass ich es in Wahrheit mit dem berühmten Schauspieler James Stewart zu tun hatte. Einmal ist mir dann bei der Anrede tatsächlich ein ›Mr Stewart‹ rausgerutscht, was unglaublich peinlich war, denn in Wirklich–«
In diesem Moment wurde der Zugbegleiter vom Piepen seines Dienstfunkgeräts unterbrochen, das in einem Lederetui an seinem Gürtel hing. Stirnrunzelnd lauschte er der durchgegebenen Meldung, die jedoch zu leise war, als dass die Jungen mithören konnten.
»Probleme?«, fragte der Erste Detektiv.
»Ja, ich werde im Kino gebraucht. Irgendein Störfall bei den Lautsprechern.« Rasch steckte Mr Arbuthnott das Funkgerät

wieder ein und tippte zum Abschied an den Schirm seiner Dienstmütze. »Tut mir leid, Jungs, aber ich muss los. Ich erzähle euch die Geschichte ein anderes Mal zu Ende.«
»Wir sind gespannt!«, bekundete Peter fröhlich und winkte dem davoneilenden Mann nach.
Da ihr Tisch von vorhin inzwischen besetzt war, machten es sich die drei ??? nun an einer freien Ecke der Bar bequem und bestellten sich frisch gepressten Orangensaft.
Lächelnd gab Peter einen Seufzer von sich, während er durch das gegenüberliegende Fenster die vorbeirauschende, kupferrot glimmende Küstenlandschaft betrachtete. »Bin ich froh, dass wir die Sache hinter uns haben. Dann können wir jetzt ja endlich zum gemütlichen Teil des Abends übergehen.«
»Nicht so voreilig«, entgegnete Justus. »Bevor du deine Filzpantoffeln überziehst und die Beine hochlegst, müssen wir erst noch etwas erledigen.«
Überrascht hob Bob die Augenbrauen. »Ach ja? Und was?«
Mit entschlossener Miene richtete Justus seinen Blick auf den vorderen Teil des Zuges. »Die Klärung der Frage, wohin der *erste* Mr Whitty verschwunden ist!«
Mit einer Mischung aus Ungläubigkeit und Verzweiflung schaute Peter zu Bob hinüber. »Bitte, sag mir, dass ich mich gerade verhört habe!«
»Das könnte ich zwar machen, aber ich fürchte, deine Ohren funktionieren genauso gut wie meine«, wandte der dritte Detektiv mit gequältem Gesichtsausdruck ein.
Flehentlich hob Peter die Hände. »Ach, komm schon, Just, du hast doch gerade zugestimmt, dass wir die Sache abhaken!«
»Irrtum«, widersprach der Erste Detektiv. »Von Abhaken

hat allein Cecil gesprochen. Ich selbst habe mich lediglich für die Unannehmlichkeiten entschuldigt, die wir verursacht haben.«

Mit zusammengekniffenen Augen musterte ihn Bob. »Was dich aber offensichtlich nicht davon abhalten wird, weitere Unannehmlichkeiten zu riskieren, richtig?«

»Sofern es die Nachforschungen erfordern«, bestätigte Justus.

»Aber es gibt doch nichts mehr nachzuforschen!«, fauchte Peter genervt. »Kann ›der große Justus Jonas‹ es nicht einfach mal gut sein lassen und zugeben, dass er sich geirrt hat? Der Zittertyp ist *nicht* verschwunden, sondern war nur in seiner Kabine und sitzt nun wieder putzmunter im Salon!«

Unbeeindruckt erwiderte der Erste Detektiv den Blick seines aufgebrachten Freundes. »Genau so soll es wirken, und das tut es auch auf ziemlich überzeugende Weise, wie ich *zugebe*. Dennoch ist und bleibt es ein Täuschungsmanöver.«

»Aber doch nur in deinem Kopf!« Hilflos gestikulierte Peter in der Luft herum. »Du meine Güte, muss denn immer und überall ein Verbrechen lauern? Kann die Welt nicht ausnahmsweise mal völlig harmlos und entspannt sein?«

»Gewiss kann sie das«, gab Justus sachlich zurück. »Aber die Augen vor einem vorhandenen Problem zu verschließen ist schlicht und einfach Selbsttäuschung.«

»Aha, es ist also Selbsttäuschung, wenn man sich darüber freut, dass hier alles wunderbar ist und wir mal zwei Tage lang unsere wohlverdiente Ruhe genießen?!« Mittlerweile hatte sich der Zweite Detektiv regelrecht in Rage geredet. »Ich fasse es einfach nicht … Da bekommen wir aus heiterem Himmel eine Superduper-Erholungsreise im tollsten

Zug des Universums spendiert, und du willst partout einen Kriminalfall lösen, den es gar nicht gibt!«

»Ich glaube, wir sollten jetzt erst mal versuchen, wieder ein bisschen runterzukommen«, versuchte der dritte Detektiv, die aufgeheizte Stimmung zu beruhigen.

Doch Peter schüttelte energisch den Kopf. »Nein, Bob, ganz im Ernst! Versuch doch mal, an einer Hand abzuzählen, wie viele Ferien, Urlaubsreisen oder auch nur freie Wochenenden wir verbracht haben, bei denen wir *nicht* von irgendwelchen Gangstern, Monstern oder Geistergestalten heimgesucht wurden! Da reicht der Daumen aber locker aus!«

Der dritte Detektiv lächelte beschwichtigend. »Na ja, ganz so extrem –«

Doch Peter ließ ihn gar nicht ausreden. »Jaja, ich habe vielleicht ein bisschen übertrieben, aber Fakt ist doch: Hier und jetzt ist überraschenderweise alles wunderbar, und dann kommt Justus und will auf Teufel komm raus irgendwas Rätselhaftes an den Haaren herbeiziehen! Das ist –«

»Haare!«, rief Justus unvermittelt. »Ich wusste es doch!«

Seine beiden Freunde starrten ihn an, als hätte er sie gerade zum Balletttanzen aufgefordert.

»Äh … wärst du vielleicht so gütig, uns zu sagen, was du damit meinst?«, fragte Bob verdutzt.

Der Erste Detektiv tippte aufgeregt an seinen Stirnansatz. »Vorhin im Salon habe ich bei dem angeblichen Mr Whitty eine schmale, längliche Druckstelle unterhalb seiner Haare bemerkt, mir aber nichts weiter dabei gedacht. Jetzt bin ich mir allerdings sicher, dass dieser Abdruck von dem Gummiband einer Perücke herrührt!«

»Eine Perücke?« Der dritte Detektiv hielt irritiert inne. »Du denkst, dieser Typ saß vorher mit falschen Haaren im Salon und hat sich dann in Mr Whitty ›verwandelt‹, nachdem der Zittertyp … *entführt* wurde?«
Justus lächelte grimmig. »Exakt das denke ich.«
»Das sind doch alles Hirngespinste«, wehrte Peter ab. »Diese Druckstelle kann doch auch ganz andere Ursachen haben. Vielleicht war der Typ vor seiner Rückkehr ja eine Runde schwimmen und hat eine Bademütze aufgehabt!«
»Einen Ausflug zum Pool hätte er wohl kaum vergessen zu erwähnen«, wandte Justus ein. »Außerdem sind es nicht nur die optischen Unstimmigkeiten, die nicht ins Bild passen.«
Neugierig musterte ihn Bob. »Sondern?«
»Na, das Auffälligste war doch wohl, dass der Mann bei unserer Ankunft überhaupt nicht auf mich reagiert hat. Nach dem Rotwein-Unfall an der Bar wäre doch zu erwarten gewesen, dass er bei einem Wiedersehen mit mir in irgendeiner Form seinen Unmut äußerte. Stattdessen war er zu Beginn die Freundlichkeit in Person, so als wären wir einander nie begegnet.«
»Er hat sich eben über die Rückgabe seines sauteuren Lederhandschuhs gefreut«, zeigte sich Peter immer noch nicht überzeugt. »Das ist doch völlig normal.«
»Die Freude über einen zurückgegebenen Handschuh erklärt aber nicht, warum von seiner extremen Nervosität und Anspannung nicht mehr das Geringste zu spüren war.« Der Erste Detektiv streckte demonstrativ die Hände vor. »Auch sein Zittern war vollständig verschwunden.«
»Das stimmt allerdings …«, murmelte Bob. Peter hingegen

verstummte gänzlich. Sein Abwehrpanzer schien nun doch erste Risse zu bekommen.
»Und zu guter Letzt das Geld«, fuhr Justus fort. »An der Bar bestand der Typ darauf, dass ich ihm seinen verschütteten Wein erstatte – mit satten achtzehn Dollar.« Er deutete vor sich auf die Getränkekarte. »Ich habe ja mitbekommen, welche Sorte er bestellt hat, und laut Karte kostet die siebzehn Dollar fünfzig pro Glas.«
»Dieser Geizkragen hat dich also sogar noch fünfzig Cent draufzahlen lassen!«, stellte der dritte Detektiv fest.
Justus nickte. »Genau – ein Knauserer, wie er im Buche steht. Und was passiert dann im Salon? Da konnte man gar nicht so schnell gucken, wie er einen Zwanzig-Dollar-Schein gezückt hat, um uns für unsere gute Tat zu belohnen.« Gespannt schaute er zum Zweiten Detektiv hinüber. »Du musst doch zugeben, dass das alles nicht zusammenpasst.«
Eine Weile lang saß Peter noch schweigend und in stocksteifer Haltung da. Man konnte ihm ansehen, wie schwer es ihm fiel, seine Gedanken zu sortieren. Dann lehnte er sich sehr langsam auf seinem Stuhl zurück, atmete tief ein und nickte. »Okay, du hast gewonnen, Justus. Ich gebe zu, dass an der Sache irgendetwas faul ist …«

Der Erste Detektiv setzt sich durch

»Da schließe ich mich an«, stimmte Bob zu und rührte nachdenklich mit einem kleinen Dekorationsschirmchen in seinem Orangensaft herum. »Wenn der Typ im Salon also ein Lügner und Doppelgänger ist, soll er ja offensichtlich das Verschwinden des *echten* Mr Whitty verschleiern. Wir haben es demnach höchstwahrscheinlich mit einer Entführung zu tun. Daraus folgt, dass es auf jeden Fall Komplizen geben muss.«

»Korrekt«, pflichtete der Erste Detektiv bei. »Bevor das Double in Stellung gehen konnte, musste der echte Mr Whitty ja unauffällig überwältigt und anschließend in ein Versteck gebracht werden. Das schafft man nicht allein.«

Grübelnd rieb sich Peter die Nasenwurzel. »Damit steht dann wohl auch fest, dass das Ganze von langer Hand geplant worden ist. So einen ›Zwilling‹ kann man ja nicht einfach so aus dem Hut zaubern.«

»Vollkommen richtig, Zweiter«, erwiderte Justus lächelnd. Er war froh, dass die kurze Unstimmigkeit überstanden war und Peter wieder mit der gewohnten Tatkraft an der Besprechung teilnahm. »Und daraus lässt sich wiederum ableiten, dass es um etwas Bedeutsames gehen muss, das einen derart großen Aufwand rechtfertigt.«

Bob wies auf ein kleines Separee am Ende des Restaurantwagens. Dort befanden sich zwei Computer mit kostenlosem Internetzugang, die momentan beide unbesetzt waren. »Dann werde ich mal einen kleinen Ausflug machen und schauen, ob das Netz irgendetwas Spannendes über Mr Ray Whitty ausspuckt.«

Leider gestaltete sich die Recherche unerwartet schwierig, da der *Coast Imperial* gerade einen Tunnel durchquerte, was die Internetverbindung vorübergehend unterbrach. Als der dritte Detektiv nach einigen Minuten zu seinen erwartungsvoll dreinschauenden Freunden zurückkehrte, winkte er gleich ab. »Fehlanzeige – keine Einträge zu unserem Zittertyp.«

Justus straffte sich. »Nun gut. Wenn uns die moderne Technik nicht weiterbringt, müssen wir eben auf das gute alte Detektivhandwerk zurückgreifen.«

»Okay, und wie sollen wir vorgehen?«, wollte Peter wissen.

Konzentriert blickte Justus in Richtung Kopfseite des Zugs. »Nun, am wichtigsten sind natürlich die Auffindung und Befreiung von Mr Whitty.«

Gedankenverloren beobachtete Bob, wie die untergehende Sonne ihre letzten Strahlen über das Meer goss und die vorbeihuschenden Strommasten in glutfarbenen Glanz hüllte. »Hmm …«

»Irgendwelche Einwände?«, fragte Justus überrascht.

»Nein, das nicht«, erwiderte der dritte Detektiv nachdenklich. »Mir kam nur gerade der Gedanke in den Sinn, dass Mr Whitty möglicherweise gar nicht gefunden werden *will*.«

Verwirrt hielt Peter inne. »Wie bitte? Ein Entführter, der nicht gefunden werden will? Das wäre doch irrsinnig.«

»Nicht unbedingt …« Zögernd verharrte Justus. »Ich glaube, ich weiß, worauf du hinauswillst, Bob! Bislang sind wir automatisch davon ausgegangen, dass die Auswechslung von Mr Whitty gegen seinen Willen vollzogen wurde.«

»Was aber vielleicht gar nicht der Fall war«, ergänzte der dritte Detektiv. »Es wäre immerhin denkbar, dass der Typ gar nicht entführt wurde, sondern das alles selbst inszeniert hat. Vielleicht ist er ja vor irgendwem auf der Flucht und will sich nun mithilfe dieses Doppelgängers absetzen.«

Der Zweite Detektiv nickte stirnrunzelnd. »Stimmt, daran hatte ich noch gar nicht gedacht.«

»Falls es sich so verhält, wäre Mr Whitty nicht das Opfer eines Verbrechens, sondern der Initiator seines eigenen Verschwindens«, stellte Justus fest. »Und der Doppelgänger sein Komplize.«

Angespannt schaute Bob zur Verbindungstür. »Ob Täter oder Komplize, wir müssen den falschen Whitty auf jeden Fall im Auge behalten. Vielleicht macht er ja irgendeinen Fehler, der uns zum Original führt.«

»Völlig richtig – die Umstände erfordern, dass wir zweigleisig vorgehen«, bestätigte Justus und deutete nach rechts. »Vor der Tür zum Salon wird gerade ein Tisch frei. Ich schlage vor, dass du dort einen Beobachtungsposten beziehst. Durch die großen Scheiben müsstest du eigentlich einen guten Blick auf die vorderen Ruhenischen haben. Währenddessen werden Peter und ich den *Coast Imperial* nach dem verschwundenen Whitty absuchen.«

Schicksalsergeben nickte der Zweite Detektiv und seufzte. »Entspannung wird ja auch völlig überbewertet …«

Schmunzelnd blickte Bob zu Justus hinüber. »Eine Kleinigkeit hast du aber noch vergessen, Chef.«

Für einen kurzen Augenblick war Justus irritiert, dann breitete sich ein Lächeln auf seinem Gesicht aus. »Stimmt, diesem

Versäumnis muss natürlich sogleich Abhilfe geschaffen werden.« Mit bedeutsamer Miene erhob er sein Glas. »Kollegen, hiermit verkünde ich: Die drei ??? haben einen neuen Fall!«

Nachdem sie gezahlt hatten, bezog Bob sogleich seinen neuen Platz. Von dort aus hatte er tatsächlich einen guten Blick auf den immer noch in sein Buch versunkenen Doppelgänger. Dies lag unter anderem auch daran, dass der rothaarige Hüne nicht auf seinen Platz in den Salon zurückgekehrt war, sondern das Restaurant in der anderen Richtung verlassen hatte. Sein großer Kopf würde somit kein Sichthindernis darstellen. Das Trio hatte ausgemacht, dass Bob seine Freunde sofort per Handy informieren würde, sobald er irgendetwas Verdächtiges bemerkte.

Justus und Peter machten sich wie besprochen auf den Weg, um ihre Suche in den anderen Wagen zu starten. Mittlerweile war die Sonne vollständig untergegangen und der gesamte *Coast Imperial* erstrahlte im warmen Licht hunderter Decken- und Wandleuchten, die stilvollen viktorianischen Gaslampen nachempfunden waren.

»Wie genau stellst du dir unsere Aktion eigentlich vor?«, fragte Peter, als sie den angrenzenden Doppelstockwagen betreten hatten und am Fuß der Treppe zur oberen Panorama-Etage verharrten.

»Nun, zunächst sollten wir uns das Terrain vergegenwärtigen«, erklärte Justus. »Der *Coast Imperial* ist ja vergleichbar mit einer mehrteiligen Metallröhre, deren hinteres Ende wir bereits gründlich kontrolliert haben.«

»Ohne Ergebnis«, ergänzte der Zweite Detektiv.

Justus nickte. »Korrekt. Da wir vermuten, dass der echte Mr Whitty sich irgendwo im restlichen Zug befindet, sind bei unserer Suche also zweierlei Dinge zu beachten: Erstens müssen wir uns bei den doppelstöckigen Wagen trennen und zeitgleich beide Etagen kontrollieren. Nur so können wir ausschließen, dass uns ein entgegenkommender Fahrgast entgeht. Außerdem müssen wir bei verschlossenen Toiletten natürlich warten, bis der jeweilige Benutzer wieder herauskommt.«

»Das … leuchtet ein.« Peter verspürte ein unangenehmes Grummeln in der Magengegend, da ihm Solostreifzüge bei einem eventuellen Entführungsfall nicht sonderlich ratsam erschienen. Aber er musste zugeben, dass Justus vom detektivischen Standpunkt aus natürlich recht hatte. »Und zweitens?«

»Dieser Punkt ist noch weitaus bedeutsamer, weil er das uns zur Verfügung stehende Zeitfenster unwiderruflich schließt: Wir müssen die Aktion beendet haben, bevor der Zug seine erste Zwischenstation erreicht.«

»Verstehe«, erwiderte der Zweite Detektiv. »Weil wir nur im fahrenden Zug sicher sein können, dass niemand aussteigt oder sonstwie hinaustransportiert wird.«

»So ist es. Sobald der Zug hält, haben wir keine Chance mehr, zu beweisen, dass es eine Entführung gegeben hat. Schließlich können wir zu dritt unmöglich alle Ausstiege überwachen.« Der Erste Detektiv zog seinen Prospekt aus der Hosentasche und schlug die Seite mit dem Streckenplan auf. »Der nächste Halt ist Sacramento, planmäßige Ankunft um Viertel nach elf heute Nacht. Somit verbleiben uns für die Suche nach Mr Whitty noch gut dreieinhalb Stunden.«

»Na, das kann ja ein lustiger Abend werden«, murmelte Peter leise. »Okay, in den öffentlichen Bereichen wie hier ist es ja kein Problem, sich unauffällig umzusehen. Aber was ist mit den Privatkabinen? Da können wir schließlich nicht einfach so reinspazieren und nach einem dürren Besucher fragen, der sich vielleicht gerade im Kleiderschrank versteckt.«
»Daran habe ich auch schon gedacht«, erwiderte Justus und sah auf seine Armbanduhr. »Es ist zwanzig vor acht, da dürften sich die meisten Passagiere noch nicht in ihre Schlafkabinen zurückgezogen haben. Wir klopfen also, und wenn sich niemand meldet, verschaffen wir uns kurz Zutritt. Am interessantesten wird natürlich Whittys Kabine sein. Da wir uns von hinten nach vorne bewegen, müsste die Nummer 36 ziemlich am Anfang unseres Wegs liegen.«
Der Zweite Detektiv verharrte entgeistert. »Du willst in die Kabinen ... *einbrechen*?«
Hastig riss Justus seinen Zeigefinger an die Lippen. »Wenn du noch lauter bist, kannst du auch gleich eine Durchsage über Bordfunk machen!«
Nervös schauten sich die Jungen um, doch niemand schien auf sie zu achten. Sicherheitshalber traten sie dennoch einige Schritte zurück und postierten sich in einer geschützten Ecke gegenüber einem bereits kontrollierten Waschraum.
»Entschuldige vielmals, dass mich dein Plan, hier im Zug eine spontane Einbruchsserie zu starten, nicht in helle Begeisterung versetzt«, flüsterte Peter nun sarkastisch zurück.
Der Erste Detektiv ließ sich jedoch nicht beirren. »Angesichts der Tatsache, dass vielleicht ein Menschenleben auf dem Spiel steht, halte ich es für durchaus gerechtfertigt, dass

wir zur Auffindung von Mr Whitty alle uns zur Verfügung stehenden Mittel einsetzen«, erklärte Justus.

Peter musterte seinen Freund durchdringend. »Ach, und mit ›wir‹ bin dann wohl ich mit meinem Dietrichset gemeint?!«

»Ich sehe, wir verstehen uns.« Justus lächelte. »Glücklicherweise kommt uns hier der Retro-Stil des *Coast Imperial* zugute. Mit den traditionellen Türschlössern dürftest du keine größeren Probleme haben.«

Eigentlich wollte Peter zu weiterem Protest ansetzen, doch die wild entschlossene Miene seines Freundes machte ihm unmissverständlich klar, dass das zwecklos gewesen wäre.

»Also gut, ich mache mit«, murrte er genervt. »Aber dann müssen wir gleich doppelt aufpassen. Einerseits auf die Passagiere und andererseits auf das Zugpersonal. Cecil flippt doch total aus, wenn er uns bei der Schnüffelaktion erwischt.«

Justus nickte. »Deshalb wird einer von uns immer auf dem Gang Schmiere stehen, während der andere die Durchsuchung vornimmt. Zum Glück sind die Schlafwagen nur eingeschossig – wir müssen uns dort also nicht aufteilen.«

»Und was ist, wenn doch mal eine Kabine besetzt ist und jemand nach unserem Klopfen an die Tür kommt?«

»Dann benötigen wir einen guten Vorwand, um dennoch Einlass zu erhalten.« Nachdenklich strich sich der Erste Detektiv durchs Haar. »Es muss plausibel sein, darf aber auch nicht zu dramatisch wirken, weil es sonst zu hohe Wellen schlagen und Cecil Wind davon bekommen könnte. Am besten wäre eine Variante, die an das Mitgefühl der Leute appelliert.«

»Und vermutlich hast du da auch schon eine bestimmte Idee?«
»Vielleicht …« Justus knetete seine Unterlippe. »Ich könnte zum Beispiel behaupten, dass mir vorhin beim Einsteigen in L. A. mein Asthmaspray aus der Tasche gefallen ist, ohne dass ich es gemerkt habe. Und da es im allgemeinen Trubel vielleicht durch eine offene Tür in eine der Kabinen gerollt sein könnte, hätte ich die höfliche Bitte, mal einen kurzen Blick hineinwerfen zu dürfen.«
»Gar nicht schlecht«, gab Peter zu. »Tante Mathilda würde allerdings sagen: Mit Krankheit treibt man keine Scherze.«
»Womit sie ja nicht unrecht hat. Aber eine moralisch unbedenklichere Alternative fällt mir auf die Schnelle nicht ein.«
Plötzlich kam Peter eine Idee. »Wie wäre es denn mit einem verloren gegangenen Wertgegenstand? So etwas ist ganz alltäglich und würde bei niemandem Misstrauen erregen.«
»Hervorragender Einfall, Zweiter!«, lobte Justus. »Ich könnte zum Beispiel behaupten, dass ich vorhin ein Schmuckstück verloren habe, das ich meiner Freundin überreichen wollte. Und nun will ich armer Tropf natürlich alles dransetzen, um es wiederzubekommen.«
»Diese rührende Story öffnet dir garantiert sämtliche Türen«, bestätigte Peter grinsend.
Mit konzentrierter Miene zückte der Erste Detektiv erneut seinen Prospekt. »Gut, dann sollten wir mit dem Kabinencheck beginnen, bevor die ersten Leute sich zur Ruhe begeben.« Er blätterte die Seite mit dem Wagenplan des *Coast Imperial* auf. »Wir müssen nur noch die zwei Panoramawagen durchqueren, dann sind wir da.«

Wie besprochen kontrollierten die Jungen getrennt die beiden Etagen der Aussichtswagen, ohne auf etwas Verdächtiges zu stoßen. Kurz vor ihrem Ziel, dem ersten Superior-Schlafwagen, machte Justus jedoch eine Entdeckung. Neugierig kniete er sich in dem Verbindungsstück zwischen den Wagen hin und hob einen kleinen Gegenstand vom Boden auf.
»Was hast du da?«, fragte der gerade hinzukommende Peter.
»Ein zusammengeknülltes Stück Papier«, entgegnete Justus. »Das allererste Fitzelchen Abfall, das ich in diesem hochglanzpolierten Superzug sehe …« Dann weiteten sich seine Augen. »Aber nicht irgendeines – hier, schau!«
Gespannt nahm Peter das Papierstück entgegen. Es handelte sich um den linken oberen Teil einer Fahrkarte, gebucht für die gerade stattfindende Reise nach Seattle. Wie alle Karten für den *Coast Imperial* war auch diese personalisiert. Zwar war nur noch ein Teil des Namens zu lesen, doch das genügte, um die Jungen in helle Aufregung zu versetzen.
»Diese Karte gehört einem Ray!«, stellte Peter überrascht fest. »Und der erste Buchstabe des Nachnamens, der gerade noch zu erkennen ist, könnte ein W sein!«
»Dieser mutmaßlich absichtlich abgetrennte Teil einer Fahrkarte könnte also tatsächlich von Mr Whitty stammen«, ergänzte Justus angespannt. »Falls das zutrifft, sind daraus zwei bedeutsame Schlüsse zu ziehen: erstens, dass wir auf der richtigen Fährte sind, und zweitens, dass Whittys Verschwinden mit höchster Wahrscheinlichkeit gegen seinen Willen stattfand. Möglicherweise wurde er mit einer verdeckt getragenen Waffe gezwungen, den Entführer irgendwohin zu begleiten.«

»Verstehe!«, erwiderte der Zweite Detektiv. »Und um eine Spur zu hinterlassen, hat Mr Whitty heimlich die Fahrkarte zerrissen und Schnipsel davon fallen lassen!«
»Das scheint mir durchaus eine plausible Erklärung zu sein. Ohne triftigen Grund würde man ja keine Karte zerreißen, die man bei Kontrollen während der Fahrt vorlegen muss.« Entschlossen blickte Justus nach vorn. »Mit etwas Glück führt uns Mr Whitty also höchstpersönlich zu dem Ort, an dem er gefangen gehalten wird …«

Perückenfotograf und Mister Herzschmerz

Bob hatte sich in der Zwischenzeit für seinen Observierungsjob gerüstet und ein Glas Zitronenlimonade sowie eine Ausgabe der *Los Angeles Post* bestellt, was ihm beides prompt auf einem spiegelblanken Tablett serviert wurde. Die großformatige Zeitung bot einen perfekten Sichtschutz, hinter dem er sich vor Blicken aus dem Salon verschanzen konnte. Bislang war die Beobachtungsaktion jedoch alles andere als abwechslungsreich verlaufen. Der Doppelgänger schien ein echter Bücherwurm zu sein, denn inzwischen stapelten sich vier weitere dicke Schmöker auf dem Klapptischchen vor ihm. Das konnte also eine lange Lesenacht werden …

Gerade als der dritte Detektiv zu einem herzhaften Gähnen ansetzte, ging eine SMS von Justus bei ihm ein, die ihn über den Fund eines möglicherweise von Mr Whitty stammenden Fahrkartenfragments informierte. Es gab also eine erste Spur! Und auch hier bei Bob kam nur wenig später Bewegung in die Situation. Unvermittelt begann der dürre Mann nun nämlich damit, fahrig zwischen seinen Füßen herumzutasten. Vielleicht auf der Suche nach etwas, das mit dem Verschwinden des echten Mr Whitty zusammenhing? Sofort schrillten in Bobs Kopf sämtliche detektivischen Alarmsirenen. Er musste unbedingt seinen Standort wechseln, um bessere Sicht zu erhalten! Zunächst breitete er seine Zeitung demonstrativ auf dem kleinen Tisch aus, um eventuell auftauchende Platzsuchende fernzuhalten. Dann ging er zur

Automatiktür, öffnete sie und betrat den kleinen Verbindungsraum. Zwar konnte er nun erkennen, dass der Mann in einer dunklen Tasche herumkramte, aber um Einzelheiten identifizieren zu können, würde Bob hineingehen müssen. Hektisch ließ er seinen Blick über die anderen Passagiere schweifen, die zumeist in Büchern und Zeitschriften blätterten oder dösend der Musik lauschten. Nach einem kurzen Durchatmen öffnete der dritte Detektiv die Tür und lehnte sich gleich daneben an die Wand, so als wartete er darauf, dass ein Platz im Salon frei werden würde. Die üppigen Blätter einer Zimmerpalme boten ihm darüber hinaus eine willkommene Deckung. Nun holte er sein Handy hervor und hielt es sich mit konzentrierter Miene ans Ohr, sodass es den Anschein hatte, als würde er eine Nachricht abhören. Diesen Trick verwendete er oftmals, um zu vermeiden, von jemandem angesprochen zu werden und ungewollt Aufmerksamkeit auf sich zu ziehen. Leicht vorgebeugt lugte Bob zwischen zwei Palmenblättern hindurch zu dem nur wenige Schritte entfernten Whitty-Double hinüber. Der Mann wühlte immer noch angestrengt in den verschiedenen Fächern der großen Tasche herum. Plötzlich jedoch verharrte der Anzugträger mitten in der Bewegung und auf seinem Gesicht breitete sich ein zufriedenes Lächeln aus, während er einen Gegenstand aus den Tiefen der Tasche hervorzog. Dann legte der Doppelgänger das wie ein flauschiges Kleidungsstück wirkende Teil neben die Tasche, um zunächst alle geöffneten Reißverschlüsse wieder zu verschließen. Rasch nahm Bob sein Handy vom Ohr, drehte es um und aktivierte den Zoom der eingebauten Kamera. Als er zu erkennen glaubte, um was es sich bei dem Gegenstand handelte, schien sein Herz vor Aufregung einen Schlag zu überspringen. Eine Perücke!

Im Schlafwagen angekommen mussten Peter und Justus zunächst abwarten, bis einige Passagiere den langen Gang durchquert hatten. Als die Luft schließlich rein war, trat der Zweite Detektiv einen Schritt beiseite und deutete auf die erste Kabine. »Na, dann mal los, Mister Herzschmerz!«

Doch Justus zögerte. »Nicht so schnell.« Er atmete zweimal tief durch und rieb sich mit den Händen über die Augen, bis eine leichte Rötung zu erkennen war.

Irritiert verfolgte Peter die seltsame Aktion. »Leidest du unter allergischem Juckreiz, oder was ist los?«

»Darf ich dich daran erinnern, dass ich ein verzweifelter Jüngling auf der Suche nach dem verlorenen Liebesbeweis für meine Angebetete bin?« Grinsend zupfte sich Justus ein paar Haarsträhnen ins Gesicht. »Also muss ich auch so aussehen, als hätte ich schon den ganzen Zug auf den Kopf gestellt und sei nun kurz vorm Losheulen.«

Sofort fielen Peter »Die kleinen Strolche« ein. In dieser bekannten Fernsehserie hatte der Erste Detektiv als Kind mitgewirkt, mochte jedoch nicht gerne daran erinnert werden. Sein schauspielerisches Talent besaß er aber immer noch und er wusste genau, worauf es ankam, wenn man glaubhaft eine Rolle verkörpern wollte. Diese Fähigkeit hatte den drei ??? schon bei so manchen Fällen gute Dienste geleistet.

Beeindruckt musterte Peter seinen Freund. »Wirklich überzeugend, Chef. Jetzt fehlt nur noch eine runterkullernde Träne und sogar der härteste Hund schmilzt vor Mitleid dahin.«

»Wenn's weiter nichts ist«, gab Justus ironisch zurück. »Ich denke einfach ganz intensiv an die unmenschlichen Leichtathletikpläne unseres Sportlehrers, dann rollen die Tränen von ganz alleine.«

›Bingo‹, schoss es Peter durch den Kopf. ›Und schon wieder sind wir beim Thema Schule …‹

Nach einem letzten Räuspern straffte sich der Erste Detektiv und klopfte, doch weder eine Antwort noch Schritte waren zu hören. Da auch nach dem zweiten Klopfen keine Reaktion erfolgte, war Peter an der Reihe. Tatsächlich bereitete es ihm keine große Mühe, das Schloss mit einem seiner Dietriche zu entriegeln. Nachdem die Tür geöffnet war, schlüpfte Justus hinein, während Peter seine Beobachtungsposition einnahm. Es dauerte nur eine halbe Minute, dann hatte der Erste Detektiv den Schlafraum und das Badezimmer der luxuriösen Kabine überprüft und trat in den Flur zurück.

»Nichts?«, fragte Peter, während er die Tür wieder abschloss.

Justus schüttelte den Kopf. »Nicht das Geringste. Aber es wäre wohl auch etwas viel verlangt gewesen, gleich beim ersten Mal einen Volltreffer zu landen.«

»Also weiter …«, murmelte der Zweite Detektiv und brachte sich seitlich der nächsten Kabine in Stellung.

Auch hier meldete sich auf das Klopfen hin niemand. Doch bevor Peter den Dietrich ins Schloss stecken konnte, summte plötzlich Justus' Handy. Neugierig ging der Erste Detektiv einen Schritt zurück und zückte sein Mobiltelefon.

»Tante Mathilda hat mir eine SMS geschickt«, verkündete er dann überrascht.

»Und worum geht's?«, wollte Peter wissen.

»Jason hat bei uns angerufen und lässt von Mr Douglas ausrichten, dass er sich im Datum geirrt hat. Der Vokabeltest findet schon am Dienstag statt, und nun möchte Tante Mathilda gerne, dass ich die Zugfahrt nutze, um noch ein wenig mit dir und Bob zu üben.«

»Na wunderbar …«, stöhnte Peter. Vor seinem inneren Auge schlug er sich mehrmals mit einem schweren Holzhammer auf den Kopf. Die Schule verfolgte ihn wie ein Fluch!

Genervt vor sich hin grummelnd wandte sich Peter zur Tür um und steckte den Schlüssel ins Schloss. In diesem Moment erklang von links plötzlich eine durchdringend schrille Frauenstimme.

»Was treibt ihr Burschen denn da an unserer Kabine?!«

Erschrocken drehten die Detektive sich um und erblickten ein rasch herannahendes weißhaariges Paar, das sie misstrauisch anfunkelte. Von der SMS abgelenkt, hatten Justus und Peter kurzzeitig das andere Ende des Gangs aus dem Blick verloren. Überrascht registrierten sie, dass die füllige Frau mit den energischen Gesichtszügen und der schmächtige Mann mit dem akkuraten Seitenscheitel in Bademäntel gehüllt waren und Gummisandalen trugen. Sie kamen wohl gerade vom Schwimmen zurück – und hatten die beiden Jungen prompt bei ihrem Einbruchsversuch erwischt. Für Justus' Ring-Geschichte war es nun natürlich zu spät, also musste improvisiert werden.

»Mensch, Peter!«, rief Justus in gespielter Verärgerung und wies auf die Kabinennummer. »Jedes Mal verwechselst du die römischen Ziffern. Das hier ist die XXXVIII und nicht die XXVIII!«

»Oje, stimmt«, entgegnete Peter betont reumütig. »Entschuldigen Sie vielmals«, wandte er sich dann an das inzwischen direkt vor ihnen stehende Paar. »Mit all diesen ›X‹ komme ich immer durcheinander.«
Lächelnd winkte der Mann ab. »Das kann doch jedem mal passieren. Ich hätte mich auch schon mal fast in der Tür geirrt, wenn Margaret nicht aufgepasst hätte. Als Lateinlehrerin kennt sie sich mit römischen Zahlen natürlich bestens aus.«
›SCHULE!!‹, brüllte Peter in Gedanken.
»Vielen Dank für Ihr Verständnis.« Justus lächelte erleichtert. »Dann dürfen wir uns jetzt von Ihnen verabschieden.«
»Gewiss dürft ihr das«, erwiderte die Frau mit unbewegter Miene, drehte sich dann jedoch völlig überraschend um und schloss sich wie selbstverständlich den losgehenden Jungen an. »Aber ihr habt ja sicherlich nichts dagegen, wenn ich mich von eurer kleinen Geschichte überzeuge und euch zu eurer Kabine 28 begleite!«

Bob biss sich nervös auf die Unterlippe. Wenn Justus' Theorie zutraf, hatte der Doppelgänger vor der Verwandlung in Mr Whitty eine Perücke getragen, vermutlich um sein Opfer nicht durch eine sofort auffallende Ähnlichkeit misstrauisch zu machen. Deshalb wollte der dritte Detektiv nun unbedingt ein Foto von seiner überaus verdächtigen Entdeckung machen, aber wegen der widerspenstigen Palmenblätter waren alle bisherigen Bilder unscharf gewesen. Und nun blieben ihm höchstens noch wenige Augenblicke, ehe der falsche Mr Whitty dieses wichtige Beweisstück irgendwo verschwinden lassen würde. Zu allem Überfluss erkannte der dritte

Detektiv bei einem Kontrollblick zurück, dass vom vorderen Ende des Restaurants aus soeben ein überaus korpulenter Mann mit suchendem Blick den vollen Wagen durchquerte. Auf seinem breiten Kopf thronte ein schneeweißer Cowboyhut, der ihm mindestens zwei Nummern zu klein war. Kein Zweifel, es handelte sich um den jähzornigen Designerjacken-Typ aus dem Panoramawagen. Und der Mann machte ganz und gar nicht den Eindruck, dass ihn eine harmlose Zeitung davon abhalten würde, am einzigen unbesetzten Tisch Platz zu nehmen, sobald er diesen entdeckt hatte.
Bobs Pulsschlag beschleunigte sich rapide. Er durfte auf keinen Fall riskieren, dass er seinen Beobachtungsposten verlor, denn ein Herumstehen vor der Verbindungstür wäre viel zu auffällig! Andererseits würde er mit Sicherheit keine zweite Gelegenheit erhalten, die Perücke des Doppelgängers zu fotografieren. Fieberhaft schätzte Bob die Entfernung des nahenden Fleischbergs und die verbleibende Zeit ab, bis er den Tisch erreicht haben würde.
»Maximal zehn Sekunden«, hauchte er tonlos. »Also noch fünf Bilder, und dann nichts wie weg!«
Klick! Verwackelt. »Noch neun Sekunden …«
Klick! Perücke von Hand verdeckt. »Noch acht Sekunden …«
Klick! Palmenblatt. »Noch sieben Sekunden …«
Klick! Falscher Knopf, kein Foto. »Verflixt!«
Klick! Perücke im Bild, alles scharf. »Geschafft!«
Sofort wirbelte er herum und hastete zur Verbindungstür. Erschrocken bemerkte er, dass das Schwergewicht den vermeintlich freien Tisch inzwischen entdeckt hatte und zielstrebig auf Bobs Platz zusteuerte.

Misstrauische Badeseniorin

Die rechte Hand des dicken Manns war bereits erhoben, um den Stuhl zurückzuziehen, da gelang es Bob im allerletzten Moment, seitlich auf seinen Platz zurückzuschlüpfen.

»Hee, ich war zuerst da!«, protestierte der schnaufende Koloss in breitem Texasdialekt.

»Da befinden Sie sich im Irrtum, Sir«, entgegnete der dritte Detektiv höflich. »Ich war nur kurz austreten. Hier ...« Er deutete auf die *Los Angeles Post.* »Das ist meine Zeitung.«

Der Mann beugte drohend seinen puterroten Kopf zu Bob vor. »Ist mir doch egal, was da für Zeuch aufm Tisch liegt! Als ich ankam, war der Platz frei – und den lass ich mir nicht einfach von som Rotzlümmel wegschnappen! Also pack jetzt dein'n Kram zusam...«

Irritiert zögerte er, als Bob beiläufig erst an seinem Bein und dann an seinem Unterarm zu kratzen begann. Wie in Zeitlupe wich der Mann zurück. »Was is'n mit dir los? Haste Flöhe?«

»Das will ich nicht hoffen«, erwiderte der dritte Detektiv mit gequältem Lächeln. »Aber seit ich im Zoo von Los Angeles das Affenhaus besucht habe ...«

Mit einer Geschwindigkeit, die er dem Dicken niemals zugetraut hätte, machte der Mann auf dem Absatz kehrt und schwankte erbost vor sich hin schimpfend davon.

»Tja«, murmelte Bob grinsend. »So können selbst die kleinsten Tierchen einen großen Grobian in die Flucht schlagen.«

Schnell holte er sein Handy hervor. Er wollte kontrollieren,

ob das letzte Foto aussagekräftig genug war, um dem Doppelgänger seine frühere Maskerade nachweisen zu können. Als er das Bild aufgerufen hatte, betätigte der dritte Detektiv die Vergrößerung, um die Perücke so nahe wie möglich heranzuzoomen. Die nun einsetzende Erkenntnis traf ihn jedoch wie ein Hammerschlag.
»Das gibt's doch nicht!«

Peter musste sämtliche Selbstbeherrschung aufbieten, um nicht verzweifelt aufzustöhnen. Stattdessen entwich seiner Kehle nur ein heiseres »Äh …«.
Ungeduldig mit den Händen wedelnd forderte Margaret die zögernden Jungen zum Weitergehen auf. »Na, nun kommt schon! In einer Viertelstunde fängt das Bridge-Turnier an – bis dahin muss ich mit Föhnen fertig sein.«
Mit einer solchen Hartnäckigkeit hatten die Detektive nicht gerechnet. Sie mussten schnellstens einen glaubhaften Grund finden, die Frau wieder loszuwerden, ansonsten würde ihnen in wenigen Sekunden ihre Ausrede mit Pauken und Trompeten um die Ohren fliegen. Denn selbst wenn sie großes Glück hatten und Kabine XXVIII leer war, würde die misstrauische Seniorin garantiert Alarm schlagen, falls Peter die Tür nicht gleich beim ersten Versuch aufbekam. Dasselbe galt, wenn die Jungen jetzt einfach die Flucht ergriffen. Die penetrante Margaret würde mit Sicherheit nicht lockerlassen, bis das gesamte Zugpersonal Jagd auf die beiden ›Nachwuchs-Einbrecher‹ machte.
Krampfhaft überlegten die Detektive, wie sie das drohende Unheil noch abwenden konnten.

»In … unserer Kabine sieht's aber aus wie im Saustall«, versuchte Peter, die Verfolgerin abzuschrecken. »Das ist wirklich kein Anblick für eine Dame.«

Margaret zeigte sich jedoch völlig unbeeindruckt. »Mach dir darum mal keine Gedanken, Söhnchen. Ich war dreißig Jahre lang Lehrerin in einem Heim für schwer erziehbare Kinder. Eine rumliegende Unterhose haut mich bestimmt nicht aus den Latschen.«

»Das ist ja sch…schön«, presste der Zweite Detektiv hervor und warf Justus einen verzweifelten Seitenblick zu.

Dieser hielt abrupt inne und kniete sich hin. »Einen Moment bitte – mein Schnürsenkel ist aufgegangen.« In Wirklichkeit holte er, von der Position der Frau aus nicht erkennbar, heimlich sein Handy hervor und drückte eine Kurzwahlnummer. Einen Moment später klingelte Peters Mobiltelefon.

Hastig nahm der Zweite Detektiv das Gerät hervor und erkannte verdattert den Namen im Display. Dann begriff er, was Justus vorhatte, und drückte die Annahmetaste. »Ja, hallo?«

Während der folgenden Sekunden des vermeintlichen Zuhörens, argwöhnisch beobachtet von Margaret, überlegte Peter fieberhaft, mit welcher Ausrede er die Situation noch retten konnte. In täuschend echt wirkender Besorgnis riss er nun die Augen auf. »Verloren?! Und auf dem Boden kannst du es nirgendwo sehen? Okay, wir kommen!«

»Was ist denn los?«, fragte die Frau verwirrt.

»Das war unser Freund Bob!«, erklärte Peter aufgeregt. »Er braucht sein Asthmaspray und kann es nicht finden! Es muss ihm runtergefallen und irgendwohin gerollt sein.«

Mit verblüffender Behändigkeit sprang Justus auf. »Wir müssen sofort zu ihm und beim Suchen helfen!«
»Oh …« In der Miene von Margaret war nun neben Irritation auch ein Anflug von Sorge zu erkennen. »Und wo –«
Doch der Erste Detektiv rannte bereits wie von der Tarantel gestochen los.
»Sie sehen ja – ein Notfall!«, rief Peter und spurtete ebenfalls los, ohne weitere Fragen abzuwarten. Für einen kurzen Moment hatte er befürchtet, dass die füllige Frau wie in einem Zeichentrickfilm einen geheimen Knopf drücken würde, um dann laut kichernd auf Düsenrollen unter ihren Badelatschen die Verfolgung aufzunehmen. Doch bei einem Blick über die Schulter erkannte er zu seiner Erleichterung, dass Margaret sich umgewandt und kopfschüttelnd den Rückweg angetreten hatte.
Nachdem sie die Verbindungstür durchquert hatten, waren die Jungen endlich außer Sicht. Schnaufend lehnte sich der Erste Detektiv an eine Seitenwand und blickte mit schiefem Grinsen zu Peter hinüber.
»Ist schon seltsam. Irgendwie kam's mir so vor, als ob mich vorhin jemand mit Nachdruck auf die moralische Verwerflichkeit von Flunkergeschichten mit Asthmasprays hingewiesen hätte.«
Auch Peter schmunzelte. »Ich bin mir sicher, dass Tante Mathilda in akuten Notsituationen ein Auge zudrücken würde.«
Nachdem sie sicherheitshalber abgewartet hatten, bis die neugierige Lateinlehrerin zu ihrem Bridge-Turnier aufgebrochen war, gingen sie zu ihrer ursprünglichen Position zu-

rück. Ein Check der Kabine des Ehepaars kam nun natürlich nicht mehr infrage, aber Justus und Peter waren sich einig darin, dass die beiden Badesenioren getrost als unverdächtig eingestuft werden konnten. So setzten die beiden Detektive ihre Kontrollaktion fort. Doch sowohl die folgende, unbesetzte Kabine als auch Mr Whittys völlig unberührt wirkende Nummer 36 boten keinerlei Anhaltspunkte für den Verbleib des Verschwundenen. Dann aber fand Peter ein weiteres zusammengeknülltes Stück Papier auf dem Boden des Gangs. »Zwar nicht der Schnipsel mit dem Nachnamen, aber er gehört eindeutig zur selben Fahrkarte!«, stellte er rasch fest.

Zufrieden nickte Justus. »Also sind wir weiter auf Kurs.«

Als sie die nächste Kabine erreichten, wussten sie bereits vor dem Klopfen, dass sich jemand darin aufhielt, denn aus dem Inneren war ein lautes Rumpeln zu hören. Verunsichert blickte Peter zum Ersten Detektiv. »Da drin scheint ja ganz schön was los zu sein. Klingt fast so, als ob jemand die komplette Einrichtung umstellt.«

Stirnrunzelnd lauschte Justus. »In der Tat, ziemlich eigentümliche Geräusche. Fast könnte man denken …«

Wie zur Bestätigung erklangen nun gepresste Ächzlaute und das Gepolter eines umstürzenden großen Gegenstands.

Beklommen wich Peter einen Schritt zurück. »Wird da etwa … gekämpft?«

Doch bevor der Erste Detektiv antworten konnte, ließ ein gedämpfter Aufschrei die Jungen zusammenzucken. Nun gab es für Justus keinen Zweifel mehr, dass jemand in Not war und dringend Hilfe benötigte – möglicherweise sogar

der gesuchte Mr Whitty. Ohne noch lange nachzudenken, trat er an die Tür und klopfte heftig dagegen.
»Hallo!? Öffnen Sie bitte!«
Peter ging neben seinem Freund in Stellung, um in ein eventuelles Handgemenge eingreifen zu können. Doch stattdessen verstummten die Geräusche augenblicklich und völlige Stille setzte ein.
Unbeirrt klopfte Justus erneut. »Hallo? Hören Sie mich?«
Nach einem leisen Rumoren erklang jetzt eine gehetzt klingende Männerstimme. »Einen Moment.«
Während der folgenden Sekunden versuchten die nervösen Jungen sich auszumalen, mit was für einer Situation sie es gleich zu tun haben würden. Doch nichts hätte sie auf den Anblick des Mannes vorbereiten können, der nun nach der Entriegelung der Tür auf die Schwelle trat.
Schockiert wich der Erste Detektiv einen Schritt zurück und Peter wurde schlagartig kreidebleich. Mit tonloser Stimme hauchte er: »In seinem Arm … steckt ein Messer!«

Falscher Agent und echte Pelzmütze

Verdutzt blickte der etwa vierzigjährige Mann mit wasserstoffblondem Kurzhaarschnitt die bestürzt innehaltenden Jungen an.
Mühsam löste sich Justus aus seiner Starre und wies ungläubig auf den stark blutenden linken Arm seines Gegenübers, aus dem der schwarze Griff eines Messers herausragte. »Sir, Sie benötigen dringend einen Arzt! Hatten Sie einen Unfall?«
Auch der Zweite Detektiv war fassungslos und wedelte wild mit den Händen. »Sie müssen sich unbedingt hinsetzen, damit Ihr Kreislauf nicht kollabiert!«
Der Mann stutzte, so als würde er sich erst jetzt der schweren Verwundung bewusst. Dann begann er zur kompletten Verwirrung der Jungen zu lächeln und tippte ohne jedes Anzeichen von Schmerz an den Messergriff. »Ach, ihr meint das hier? Keine Panik, das ist nur ein Trickmesser mit Kunstblut aus der Tube. Entschuldigt, dass ich euch einen Schreck eingejagt habe, aber wir haben nicht mit Besuchern gerechnet.«
Justus legte irritiert den Kopf schief. »Ich … verstehe nicht.«
»Die Sache ist ganz einfach«, erwiderte der Mann fröhlich, öffnete die Tür etwas weiter und deutete hinter sich.
Die Überraschung der beiden Detektive steigerte sich noch, als sie nun einen etwa zwölfjährigen Jungen in perfekt sitzendem Anzug erblickten, der ihnen linkisch zuwinkte und dabei einen am Boden liegenden Aktenkoffer aufhob. Seine

schwarze Krawatte war stark verrutscht und die dunklen Haare standen wirr vom Kopf ab, so als wäre er bis gerade eben in einen heftigen Kampf verwickelt gewesen.
»Das ist mein Sohn Terence«, erklärte der Mann. »Er ist ein riesiger James-Bond-Fan und zu seinem Geburtstag habe ich ihm eine Action-Zugfahrt geschenkt, ganz im Stil von –«
»Liebesgrüße aus Moskau!«, ergänzte Peter mit einer Mischung aus verblüffter Erkenntnis und grenzenloser Erleichterung. Ihm fiel ein Stein von der Größe des Big Ben vom Herzen.
Auch Justus erkannte nun die Parallelen zu dem Agentenfilm-Klassiker. »Verstehe … Ihr Sohn ist James Bond und Sie verkörpern den Gegenspieler Red Grant, der auf 007 angesetzt ist.«
Schmunzelnd ließ der Zweite Detektiv seinen Blick von der Kabine zurück zum Arm des Vaters schweifen. »Und gemeinsam haben Sie gerade den berühmten Zweikampf im Zugabteil nachgestellt – inklusive des Messers aus Bonds Spezialkoffer.«
»Genau«, bestätigte der Mann strahlend. »Vom Ambiente her ist der *Coast Imperial* geradezu perfekt.«
Sichtlich beeindruckt deutete Justus ein Händeklatschen an. »Respekt, Sir. Das ist wirklich Liebe zum Detail.« Dann zwinkerte er dem Sohn zu. »Du wirst mit diesem Schurken hier vermutlich alleine fertig, stimmt's?«
»Klaro«, erwiderte der Junge grinsend. »Wenn ihr nicht aufgetaucht wärt, hätte ich den Typ schon längst ausgeschaltet.«
»Na, dann wollen wir nicht weiter stören«, gab Peter vergnügt zurück.

Auch der Erste Detektiv war überzeugt davon, dass dieses skurrile Bond-Duo nichts mit dem Verschwinden von Mr Whitty zu tun hatte. Spielerisch salutierend hob er seine Hand an die Schläfe. »Für die weiteren Missionen wünschen wir gutes Gelingen und eine spannende Weiterfahrt.«
»Vielen Dank, die werden wir haben!«, entgegnete der Vater lächelnd. »Und falls ihr mal Hilfe von einem Geheimagenten Ihrer Majestät benötigt – ihr wisst ja, wo wir zu finden sind.«
Peter nickte lächelnd. »Wir werden es uns merken, Sir.«
Nachdem sie die Tür geschlossen hatten, mussten die Jungen zunächst abwarten, bis ein kicherndes Pärchen den Gang durchquert hatte.
Der Zweite Detektiv schmunzelte. »Das war ja mal ein echt cooler Daddy.«
»Absolut«, stimmte Justus zu und frischte seine Mitleidstarnung auf. »Es ist wirklich erstaunlich, was für Überraschungen sich hinter so einer harmlosen Kabinentür verbergen können. Eine regelrechte Miniabenteuerwelt. Mal sehen, was uns als Nächstes erwartet.«
Die folgenden Kabinen waren allerdings leer und boten weder Überaschendes noch Verdächtiges hinsichtlich des gesuchten Mr Whitty. Vor der nächsten Tür verharrten die Jungen jedoch einen Moment, denn dahinter erklang das glucksende Lachen von kleinen Kindern. Zweifelnd blickte Peter seinen Freund an. »Sollen wir die überspringen? Der Typ wird ja wohl kaum von Kindern entführt worden sein.«
»Minderjährige schließe ich als Drahtzieher dieses Verbrechens ebenfalls aus«, stimmte Justus zu. »Allerdings könnten

Kinder von den Tätern in skrupelloser Weise als Tarnung benutzt werden, eben weil sie so harmlos sind.«

Mit angewiderter Miene hielt der Zweite Detektiv inne. »Das wäre aber eine echt miese Nummer …«

»In der Tat. Um wirklich sicherzugehen, müssen wir also auch in diese Kabine einen Blick werfen.« Zögernd trat Justus an die Tür heran, horchte noch einmal und klopfte dann. Über das fröhliche Gelächter hinweg erklang eine junge Frauenstimme. »Einen Augenblick, bitte!«

Als die Tür sich öffnete, schaute Justus in das fein geschnittene Gesicht einer blonden Frau Ende dreißig, deren hüftlange Haare zu einem breiten Zopf geflochten waren. Im Hintergrund waren ein etwa neunjähriges Mädchen und ein vielleicht sechsjähriger Junge zu erkennen, die begeistert an einem Spielzeugraumschiff herumbastelten.

Besorgt blickte die Frau in die geröteten Augen des Ersten Detektivs. »Oh, was ist dir denn passiert? Hast du geweint?«

»Ja, ach, es ist so schrecklich und alles ist meine Schuld«, erwiderte Justus und unterdrückte ein Schluchzen. »Vorhin beim Einsteigen in L.A. muss mir ein Ring aus der Hosentasche gefallen und irgendwohin gerollt sein.«

»Oh, ich verstehe.« Der Mutter war ihr Mitgefühl für die Notlage deutlich anzusehen. »Der Ring war für deine Freundin bestimmt, richtig?«

›Mütter haben offenbar einen siebten Sinn für so was‹, dachte Peter, während der Erste Detektiv nickte und sich betont geräuschvoll die Nase putzte.

»Übermorgen … feiern wir unser Einjähriges«, fuhr Justus stockend fort. »Deshalb besuche ich sie in Seattle. Sie ist aus

Los Angeles weggezogen und wir haben uns seit fast sechs Wochen nicht mehr gesehen. Deshalb … wollte ich ihr zu unserem Jubiläum etwas ganz Besonderes …« Mit bebenden Lippen brach er seinen Vortrag ab.

Bob konnte es nicht fassen. Wie er das Display seines Handys auch drehte und wendete, es bestand kein Zweifel, um was es sich bei dem fotografierten Gegenstand handelte.
»Na fabelhaft«, zischte er leise. »Herzlichen Glückwunsch, Bob! Da riskierst du, dass ein mutmaßlicher Schwerverbrecher dich bei einer Beschattungsaktion erwischt, anschließend wirst du beinahe von einem menschlichen Nilpferd mit Cowboyhut vermöbelt – und wofür? Für ein gestochen scharfes Bild von einer *Pelzmütze*!«
Genervt steckte er das Handy wieder ein. So frustrierend es auch war, offenbar hatte der dürre Mann lediglich kontrollieren wollen, ob er eine warme Mütze eingepackt hatte. Das war durchaus nicht ungewöhnlich, denn am kommenden Vormittag würde es die Möglichkeit geben, das prächtige Schneepanorama am Mount Shasta hautnah auf einem Außenbalkon des *Coast Imperial* zu bewundern. Auch die drei Detektive hatten zu diesem Zweck Winterjacken und Strickmützen im Gepäck.
Wie es schien, wollte der Typ seine ›Harmloser Fahrgast‹-Show also konsequent durchziehen. Aber warum das Ganze? Und was war mit dem echten Mr Whitty passiert? Was konnte an diesem Mann so wichtig sein, dass für sein unbemerktes Verschwinden ein solcher Aufwand betrieben wurde? Fragen über Fragen …

Angespannt ging Bob hinter seiner Zeitung zurück in Position und blickte zornig zu dem Doppelgänger hinüber, der inzwischen wieder in einem seiner dicken Bücher las.
»Na los«, fauchte der dritte Detektiv kaum hörbar. »Jetzt mach endlich mal was, das uns weiterbringt! Just und Peter lachen sich doch kaputt, wenn sie mich später nach Ergebnissen fragen und ich dann mit einer dämlichen Mütze ankomme!«
Nach endlos scheinenden zehn Minuten geschah dann tatsächlich etwas, das in Bob neue Hoffnung auf eine wichtige Beobachtung entfachte. Der falsche Mr Whitty beugte sich nämlich unvermittelt zu Mrs Lockwood hinüber und schien ihr etwas zu erzählen. Der dritte Detektiv glaubte seinen Augen kaum zu trauen, denn jetzt legte der Typ auch noch vertrauensvoll den Arm um die Schulter der alten Dame!
Flammendes Adrenalin schoss durch Bobs Körper. Diese so harmlos wirkende Frau hatte also gelogen! Sie kannte den Mann nicht nur flüchtig als zufällige Zugbekanntschaft, sondern hatte ein sehr vertrautes Verhältnis zu ihm – wahrscheinlich war sie sogar seine Komplizin! Das Gedankenkarussell des dritten Detektivs rotierte auf Hochtouren. Im Nachhinein ergab das alles Sinn! Vermutlich hatten die beiden dieses raffinierte Verbrechen gemeinsam geplant und ausgeführt, um eine perfekte Tarnung zu gewährleisten! Und als dann –
Perplex verharrte Bob. Von einem Moment zum anderen fiel sein Verdachtskartenhaus wieder in sich zusammen. Gerade hatte der dritte Detektiv sich nämlich etwas vorgebeugt, um bessere Sicht auf die von der vorderen Sitznische halb verdeckte Mrs Lockwood zu erhalten. Und nun erkannte er,

dass der falsche Whitty gar nicht seinen Arm um die Frau gelegt hatte, sondern an ihrer Kopfstütze herumhantierte. Sie hatte ihn wohl gebeten, die zu hoch eingestellte und offensichtlich klemmende Stütze nach unten zu drücken. Deshalb war er notgedrungen näher gerückt, was von Weitem den Anschein enger Vertrautheit hervorgerufen hatte …
Einen Augenblick später hatte der Mann die störrische Kopfstütze heruntergedrückt und wehrte nun lächelnd die grüne Bonbontüte ab, die ihm die dankbar strahlende Dame vors Gesicht hielt.
Zornig lehnte sich Bob auf seinem Stuhl zurück. »Na super«, zischte er leise, »dann fassen wir meine bahnbrechenden bisherigen Erkenntnisse doch mal zusammen: Der dürre Typ besitzt eine bildschöne Pelzmütze, reagiert sehr hilfsbereit bei Kopfstützen-Notfällen und hat eine Abneigung gegen Eukalyptusbonbons. Der Fall ist so gut wie gelöst!«
Nach den beiden kurzzeitigen Zwischenhochs erreichte die Motivation des dritten Detektivs nun ihren Tiefststand. Doch ihm blieb nichts anderes übrig, als weiter auf Posten zu bleiben und die nervenaufreibende Observierung fortzusetzen. Die Zeit zog sich dahin wie zäher Kaugummi und das monotone Rattern der Zugräder ließ Bob mehr und mehr in einen trägen Dämmerzustand abgleiten.
Kurz bevor ihm jedoch vor Langeweile endgültig die Augenlider zufielen, ging plötzlich alles sehr schnell. Der falsche Mr Whitty verharrte mitten im Blättern und blickte starr nach vorn, als sei ihm plötzlich etwas Wichtiges eingefallen. Dann legte er das Buch beiseite, stand auf und schritt eilig auf den Ausgang zu – genau in Bobs Richtung!

Der dritte Detektiv war schlagartig hellwach. Was jetzt? Hatte der falsche Whitty ihn bemerkt? Angesichts der Zeitungstarnung war das eigentlich unwahrscheinlich, zumal Bob nichts an seiner Position verändert hatte. Außerdem tat er ja nichts Verbotenes, sondern trank hier nur seine Limonade und las die *Los Angeles Post*. Jetzt aufzustehen und wegzugehen wäre also viel auffälliger, als einfach sitzen zu bleiben und abzuwarten. Wenn der Typ nämlich nicht wegen Bob kam, sondern aus einem ganz anderen Grund den Wagen wechselte, musste der dritte Detektiv auf jeden Fall an ihm dranbleiben.

»Vielleicht führst du mich ja jetzt zum echten Whitty …«, murmelte Bob und duckte sich noch tiefer hinter die Zeitung.

Nach einigen Augenblicken des angespannten Wartens ohne Sicht wurde ihm allerdings klar, dass all seine Überlegungen umsonst gewesen waren. Der dürre Mann ging nämlich nicht an ihm vorbei. Er betrat nicht einmal den Restaurantwagen. Verunsichert senkte der dritte Detektiv die Zeitung und blickte durch die Scheibe der Verbindungstür zum Salon hinüber. In ungläubiger Bestürzung riss er die Augen auf und ein heiseres »Das … kann doch nicht wahr sein!« entfuhr seinen Lippen. Doch sosehr sich all seine Sinne auch weigerten, das Unfassbare zu akzeptieren – es bestand kein Zweifel: Nach dem echten Mr Whitty war nun auch sein Doppelgänger auf dem Weg zwischen den beiden Wagen spurlos verschwunden!

Liebestränen und Mörderteletonate

Peter, der die Darbietung des Ersten Detektivs in einigem Abstand beobachtete, war tief beeindruckt. Das war wirklich Tränendrüsen-Entertainment auf höchstem Niveau.

»Ich … hab schon den ganzen Zug abgesucht«, fuhr Justus mit zitternder Stimme fort. »Die hintersten Winkel habe ich kontrolliert, jeden Mülleimer durchwühlt, unter alle Sitze bin ich gekrochen – aber ich konnte ihn einfach nicht wiederfinden. Jetzt hoffe ich, dass er in irgendeine Kabine gerollt ist. Mein … ganzes Erspartes steckt in diesem Ring.« Hilflos hob er die Hände. »Wenn ich ohne Geschenk nach Seattle komme, glaubt meine Freundin mir doch nie, dass ich an unseren großen Tag gedacht habe.«

›Jetzt wird's aber etwas zu dick‹, dachte Peter augenrollend. Doch die Frau war von dieser herzzerreißenden Geschichte sichtlich gerührt und deutete aufmunternd lächelnd in die Kabine. »Dann versuch mal dein Glück. Es wäre ja wirklich eine Schande, wenn die Liebste auf das kostbare Präsent ihres jungen Romeo verzichten müsste.« Sie blickte zu ihren Kindern hinüber. »Belle und Danny wollen bestimmt auch bei der Suche helfen, stimmt's?«

»Au ja!«, erklang es wie aus einem Mund.

Doch trotz der Unterstützung durch seine eifrigen Assistenten konnte Justus keinerlei Auffälligkeiten in der Kabine entdecken. Beim Abschied bestand die Mutter darauf, mit Justus Handynummern auszutauschen, damit sie ihm Bescheid sagen konnte, falls das Schmuckstück doch noch irgendwo auftauchte. Und Belle und Danny versprachen, sämtliche Jedi-Kräfte einzusetzen, um den Ring vor bösen Findern zu beschützen. Nachdem sich die Tür wieder geschlossen hatte, klopfte Peter dem Ersten Detektiv in gespieltem Trost auf die Schulter. »Nicht weinen, junger Romeo. Wenn alle Stricke reißen, helfe ich dir gerne mit einem Zwiebelring aus. Wozu hat man schließlich Freunde?«

»Deine Güte kennt wahrlich keine Grenzen, treuer Kamerad«, knurrte Justus grinsend und blickte zur nächsten Tür. »Wenn sich Mr Whitty übrigens in der nächsten Kabine befindet, schmeiße ich eine große Eis-und-Torte-Party.«

Irritiert stutzte Peter. »Wieso das denn?«

»Weil das unsere eigene ist.« Zwinkernd zog der Erste Detektiv einen glänzenden Schlüssel aus seiner Hosentasche. »Überprüfen müssen wir sie natürlich dennoch.«

Nach kurzem Horchen entriegelte Justus die Tür und die Jungen traten ein. Schnell stand fest, dass es vorerst keine Party geben würde. In der dreiteiligen, mit Schiebetüren unterteilbaren Großkabine war alles genau so, wie die Detektive es beim Einchecken hinterlassen hatten. Auch die folgenden, allesamt leeren Kabinen waren vom detektivischen Standpunkt aus vollkommen unverdächtig. Erst zu Beginn des zweiten Schlafwagens verharrte Justus vor einer Tür, hinter der er ein Geräusch wahrgenommen hatte. Angestrengt lauschte er. »Da drin ist jemand.«

»Tatsächlich«, flüsterte Peter, nachdem er ebenfalls gehorcht hatte. »Ein Klappern … So als ob jemand in kurzen Abständen immer wieder irgendwo gegenklopft.«

Justus nickte. »Spontan dachte ich erst an Morsezeichen, aber eine erkennbare Struktur scheint es nicht zu geben. Nur dieses wiederholte Klappern ...«

Plötzlich weiteten sich Peters Augen und er wandte sich aufgeregt zu Justus um. »Und wenn das Hilfesignale sind?! Falls Mr Whitty wirklich entführt wurde, hat man ihn ja bestimmt gefesselt und geknebelt. Und nun versucht er vielleicht, mit diesen Geräuschen auf sich aufmerksam zu machen!«

»Das ... wäre tatsächlich eine Erklärungsmöglichkeit«, räumte Justus zögernd ein.

Nervös ging Peter neben der Tür in Stellung. »Okay, dann klopf. Wenn niemand kommt, öffne ich.«

Nickend hob der Erste Detektiv die Hand und ließ ein lautes Klopfen erklingen. Augenblicklich verstummten die Geräusche im Inneren, doch ansonsten geschah nichts.

»Hallo?«, fragte Justus und klopfte erneut. »Dürfte ich kurz stören?« Immer noch Stille.

Verunsichert blickte Peter seinen Freund an. »Wenn das da drin Whitty ist, warum ist er dann plötzlich so ruhig? Er müsste doch jetzt erst recht versuchen, Alarm zu schlagen.«

»Und wenn es nur ein harmloser Passagier ist, warum kommt er dann nicht zur Tür?«, ergänzte Justus mit steigender Unruhe. »Irgendetwas stimmt da nicht ...«

Fassungslos starrte der dritte Detektiv zum Salonwagen hinüber, doch der Whitty-Doppelgänger war nirgends zu entdecken. Beobachtungsposten hin oder her – Bob musste sich davon überzeugen, dass der Mann wirklich verschwunden war.

»Zweimal dieselbe Nummer!«, fauchte er leise. »Steht da irgendwo ein Transmitter, mit dem dürre Typen aus dem Zug gebeamt werden, oder was?!«
Hastig breitete er wiederum die Zeitung auf seinem Tisch aus und stand auf. Doch gerade als er den Griff der Schiebetür umfassen wollte, zuckte Bob erschrocken zurück. Ganz links in einer von außen nicht einsehbaren Ecke des kleinen Verbindungsraums zwischen Restaurant und Salon stand – der falsche Mr Whitty! Zur grenzenlosen Erleichterung des Jungen schien der Hagere ihn nicht bemerkt zu haben. Jetzt erkannte Bob auch den Grund für die plötzliche Leseunterbrechung und das hastige Verlassen des Wagens: Der Mann telefonierte! Er stand mit dem Gesicht zur Ausstiegstür und presste sich ein Handy ans Ohr. Augenscheinlich wollte er unbedingt vermeiden, dass jemand den Inhalt des Telefonats mitbekam. Vielleicht weil es dabei um die Entführung ging!?
Gestresst biss sich der dritte Detektiv auf die Unterlippe. Bei geschlossener Verbindungstür war ein Belauschen des Gesprächs vollkommen aussichtslos. Doch unvermutet nahte aus dem Salon eine Chance in Gestalt einer jungen Blondine, die auf die Verbindungstür zuschritt. Offensichtlich wollte sie in den Restaurantwagen überwechseln.
Angestrengt überlegte Bob, wie er die bevorstehende Öffnung der Tür unauffällig verlängern konnte, um wenigstens ein paar Einzelheiten des Telefonats aufzuschnappen. Schließlich wandte er seinen Blick der Bar zu, holte seine Geldbörse hervor und kramte im Kleingeldfach herum, so als wolle er zum Tresen gehen und noch etwas bestellen. Tatsächlich verharrte der dritte Detektiv jedoch seitlich der

Verbindungstür und wartete, bis die Frau hindurchkam. Genau in diesem Moment trat er wie zufällig einen Schritt nach rechts und stieß mit dem Rücken gegen die Schulter der Blondine. Dabei ließ er mit einem überraschten Laut seine Geldbörse fallen, sodass sich mehrere Münzen auf dem Boden verteilten. Der erschrockenen Frau war das Missgeschick sichtlich unangenehm.

»Oh, das tut mir leid – ich hatte dich gar nicht gesehen.«

Höflich lächelnd schüttelte Bob den Kopf. »Kein Problem, ich hätte besser aufpassen sollen.« Rasch kniete er sich hin, um die verstreuten Münzen wieder aufzuheben. Dabei schob er unauffällig seinen linken Fuß einige Zentimeter zurück und blockierte so das vollständige Schließen der Automatiktür.

Verunsichert beugte sich die Frau zu ihm vor. »Kann ich dir vielleicht helfen?«

»Nein, danke – das schaffe ich schon«, wehrte der dritte Detektiv freundlich ab und hoffte, dass die Blondine endlich das Hörfeld frei machte.

Glücklicherweise tat sie ihm diesen Gefallen, verabschiedete sich mit einer nochmaligen Entschuldigung und ging zum Tresen hinüber. Sofort änderte Bob die Position und brachte sein Ohr nun so nahe wie möglich am Türspalt in Stellung. Währenddessen tat er weiterhin so, als würde er sein Kleingeld aufsammeln, schob in Wirklichkeit aber immer nur dieselben fünf Münzen hin und her.

Innerlich stieß er einen Triumphschrei aus, denn tatsächlich vernahm er nun die Stimme des falschen Whitty. Der Mann wirkte sehr aufgebracht. »Was soll das heißen – unklar? Ich hatte dir völlig eindeutige Anweisungen gegeben, Tracy!«

›Na, das geht doch schon mal gut los‹, frohlockte Bob in Gedanken. ›Er spricht also gerade mit einer Frau namens Tracy, die irgendeine Anweisung nicht richtig befolgt hat.‹

»Jetzt tu nicht so, als ob das kein Problem wäre!«, fuhr der Doppelgänger zornig fort. »Wenn die Dosierung nicht stimmt, verfliegt die Wirkung doch viel zu schnell!«

›Holla!‹, durchzuckte es Bob. ›Dosierung und Wirkung?! Damit könnte ein Betäubungsmittel gemeint sein!‹

Der nun folgende Satz des dürren Manns beseitigte endgültig die letzten Zweifel. »Wenn wir das vergeigen, können wir das gesamte Geld abschreiben! Also pass gefälligst auf!«

Der dritte Detektiv war regelrecht elektrisiert. Endlich hatte der kriminelle Doppelgänger seine Maske fallen lassen! Für Bob stand fest, dass der dürre Mann mit seiner Komplizin Tracy über den entführten Mr Whitty sprach und auf keinen Fall riskieren wollte, dass ihm durch irgendeinen Fehler das Lösegeld entging. Gespannt lauschte er weiter.

»Dann schlag eben mit einem Hammer zu!«, fauchte der Mann genervt.

Schockiert blinzelte Bob. Sollte Tracy ihr Opfer tatsächlich mit einem Hammer schlagen, weil die Betäubung nachließ?

Zornig schüttelte der Doppelgänger die Faust. »Jetzt stell dich nicht so an! Einfach ein Tuch drumwickeln, dann spritzt auch nichts rum!«

Bobs Augen weiteten sich in schierem Entsetzen. Das waren keine gewöhnlichen Verbrecher, sondern zwei gemeingefährliche Geisteskranke! Er musste unbedingt etwas tun! Doch gerade als er aufspringen und losstürmen wollte, hielt er angesichts der nächsten Sätze wie vom Blitz getroffen inne.

»Jetzt plärr nicht rum, ich kann ja wohl nichts dafür, wenn du den Nussknacker verschlampst! Dann muss man eben improvisieren: Walnüsse ins Tuch wickeln und draufschlagen!«

›*Wal…nüsse?!?*‹

Wie ein kunterbunter Spielzeugpfeil brachte dieses eine Wort die Mörderseifenblase im Kopf des dritten Detektivs zum Platzen. Ein dumpfes Taubheitsgefühl breitete sich in seinem Magen aus. Er konnte es einfach nicht fassen.

»Und vergiss nicht, hinterher sorgfältig alle Schalenteile rauszusortieren!«, fuhr der Mann fort. »Man soll später ja nicht auf steinharten Krümeln rumbeißen.«

»Krümel …?«, hauchte Bob tonlos. Gerade eben noch hatte der Typ doch von Dosierung und Geld gesprochen – wie passte das denn zusammen? Die Antwort folgte auf dem Fuße.

»Was heißt hier pedantisch?«, zischte der Hagere wütend. »Ich will für den Barbecue-Wettbewerb einfach nur perfekt vorbereitet sein! Und in meiner Spezialsauce kommt es nun mal auf das perfekt abgemischte Aromenverhältnis zwischen Cayennepfeffer, Knoblauch, Paprika und Walnuss an – sonst verfliegt der fruchtige Schärfe-Effekt doch sofort! Ich habe jedenfalls keine Lust, wegen deiner Schusseligkeit auf fünfhundert Dollar Preisgeld zu verzichten!«

»Barbecue-Wettbewerb?!« Bob fühlte sich plötzlich sehr, sehr müde. Mit glasigem Blick zog er seinen Fuß aus der Tür, stand auf und schlurfte zu seinem erstaunlicherweise noch freien Tisch zurück. Dort ließ er sich genervt seufzend auf den Stuhl sinken.

»Okay«, murmelte er dann. »Punkt vier auf meiner Erkenntnisliste: Der Typ steht auf Walnüsse und grillt gerne …«

Angriff aus dem Hinterhalt

Erneut klopfte Justus gegen die Tür, diesmal noch energischer. »Hallo?! Ist bei Ihnen alles in Ordnung?«
Jetzt endlich war eine Reaktion zu vernehmen. Knarrende Schritte näherten sich der Tür und im Schloss wurde ein Schlüssel herumgedreht. Mit zusammengepressten Lippen ging Peter seitlich in Angriffsposition, während Justus versuchte, so normal wie möglich zu wirken.
In dem schmalen Türspalt, der sich nun öffnete, erschien das finstere Gesicht eines etwa fünfzigjährigen Manns mit Dreitagebart und einem ausgeprägt kantigen Kinn. Zornig taxierte er den Ersten Detektiv. »WAS willst du, verdammt noch mal?!?«
Von dem harschen Tonfall überrascht, geriet Justus kurz ins Stocken. »Äh … ich … entschuldigen Sie bitte, aber …«
»Ich entschuldige gar nichts!«, herrschte der Mann ihn an. »Was bildest du dir ein, hier so einen Krach zu schlagen?«
Justus musste unwillkürlich schlucken. Auf ein solch aggressives Verhalten war er nicht gefasst gewesen. »Ich … wollte Sie ganz bestimmt nicht stören …«
»Ach, nein?«, fauchte der Kinntyp. »Du bollerst wie ein Bekloppter gegen meine Tür und willst *nicht* stören?! Und was kommt als Nächstes? Rennst du dann nackt durch den Zug und rufst, du willst *niemanden* belästigen??«
Peter, der heilfroh war, sich im toten Winkel des Wüterichs zu befinden, konnte sich ein Grinsen nicht verkneifen.
»Sir, ich bedaure wirklich sehr, Sie verärgert zu haben«, setz-

te Justus noch einmal an. »Aber ich suche einen Ring, den ich –«
»Erzähl das jemandem, den's interessiert, Frodo.« Mit diesen Worten schlug der Mann ihm die Tür vor der Nase zu.
Einen Augenblick lang blieb der Erste Detektiv regungslos stehen und starrte vor sich ins Nichts. Dann wandte er sich langsam zu seinem Freund um. »Hatte ich gerade einen irren Tagtraum oder ist das da eben wirklich passiert?«
Peter lächelte schief. »Wenn du die Fünf-Sterne-Abfuhr meinst, die du gerade kassiert hast, dann müssen wir beide denselben Traum gehabt haben.« Er schüttelte ungläubig den Kopf. »Mannomann, der Typ war ja echt am Explodieren.«
»In der Tat eine auffallend heftige Reaktion«, murmelte Justus gedankenversunken. »Fast so, als ob er mein Auftauchen in irgendeiner Weise als Risiko empfunden hätte.«
Aufhorchend blickte Peter ihn an. »Als Risiko ... dass jemand von etwas Wind bekommt, das niemand erfahren darf? Vielleicht von einer Entführung?«
»Zumindest würde auch ich versuchen, jeden Besucher so schnell wie möglich wieder loszuwerden, wenn ich den gefangenen Mr Whitty bei mir in der Kabine hät...«
Plötzlich hielt Justus inne und hob den Zeigefinger an die Lippen. Peter verstand sofort und beugte sich lauschend vor. Überrascht stellten die Jungen fest, dass im Inneren der Kabine nun eine gedämpfte Frauenstimme zu hören war.
»... ganz schönen Schrecken eingejagt. Ich dachte schon, Trevor wäre uns auf die Schliche gekommen.«
»Keine Sorge, Liebling«, erwiderte der Kinntyp mit süffisantem Tonfall. »Dein Mann denkt doch, du machst ein Well-

ness-Wochenende in Palm Springs. Der würde die Wahrheit nicht mal erkennen, wenn wir sie ihm auf ein Plakat malen würden. Aber jetzt sollten wir da weitermachen, wo uns Specki gerade unterbrochen hat …«

Über Peters Gesicht huschte ein breites Lächeln. »Ich weiß ja nicht, wie du das siehst, Specki, aber ich habe die vage Vermutung, dass die Geräusche von vorhin nichts mit einem Entführungsfall zu tun hatten.«

Auch Justus grinste. »Wohl eher mit einem *Ver*führungsfall.«

In der folgenden Dreiviertelstunde arbeiteten sich die Jungen, immer wieder kurzzeitig von entgegenkommenden Fahrgästen unterbrochen, durch den zweiten Schlafwagen. Sämtliche Kabinen erwiesen sich jedoch als Blindgänger.

»Nichts«, fasste Peter das bisherige Ergebnis ihrer Suche mürrisch zusammen. »Weder ein entführter Mr Whitty noch ein Hinweis darauf, dass er je in einer der Kabinen war.«

»Auch ich kann eine gewisse Enttäuschung nicht verhehlen«, gab Justus zu. »Offen gestanden hatte ich fest mit einem Erfolg gerechnet, weil die Schlafkabinen im gesamten Zug die besten Versteckmöglichkeiten bieten.« Er seufzte. »Aber vielleicht haben wir ja nun ganz am Schluss Glück.« Zunächst leise, dann etwas lauter klopfte er an die letzte verbleibende Tür, doch nichts im Inneren der Kabine rührte sich.

Mit gezücktem Dietrich trat Peter heran. »Also dann, zum letzten Mal: Sesam öffne dich!«

Ein helles Klicken verkündete die erfolgreiche Entriegelung. Lautlos öffnete Justus die Tür und schlüpfte hinein. Wie in den anderen Kabinen herrschte auch hier verschwenderischer Luxus: Prachtvolle Orientteppiche, auf Hochglanz polierte Wandverkleidungen aus Edelholz und ein reich verziertes Himmelbett mit Samtbaldachin ließen den Glanz eines vergangenen Zeitalters wieder aufleben. Mit konzentrierter Miene hielt Justus nach jedem noch so kleinen Anzeichen Ausschau, das auf den Gesuchten hindeuten könnte. Plötzlich erregte ein großer Kleiderschrank seine Aufmerksamkeit. Die Tür stand einen Spalt offen und vom obersten Regal baumelte etwas Längliches herunter. Irritiert verengte der Erste Detektiv die Augen und trat näher. Überrascht erkannte er, dass es sich bei dem Gegenstand um einen dicken, faserigen Strick handelte. Womöglich Fesselmaterial, mit dem Mr Whitty verschnürt worden war? Doch bevor Justus den Gedanken beenden konnte, stürzte plötzlich ein Schatten von hinten heran und warf sich auf ihn!

Der dürre Mann hatte inzwischen das Telefonat beendet und war zu seinem Platz im Salon zurückgekehrt, wo er die Lektüre seines Buchs fortsetzte. Mittlerweile kannte Bob jeden Artikel der *Los Angeles Post* auswendig, ebenso die vor ihm liegende Speisekarte und die Stickblumenreihenfolge auf der Tischdecke. Zur elenden Langeweile kam noch hinzu, dass seine Schultern durch das dauernde Zeitunghalten vollkommen verspannt waren und heftig zu schmerzen begannen. Dies hatte zur Folge, dass hin und wieder ein kurzes Zucken durch seine Arme ging, das Bob nur mit Mühe und ständigen Haltungswechseln abmildern konnte. Und wofür das alles? Nach dem Vorfall mit dem völlig harmlosen Handyanruf gewannen die Zweifel an der bisherigen Überzeugung des dritten Detektivs immer mehr die Oberhand. Was, wenn

Justus doch unrecht hatte und der Mann da vorne tatsächlich Mr Whitty war? Die zerrissene Fahrkarte konnte ja auch irgendeinem anderen Ray gehören. Trotzdem war Justus – und *nur* Justus – felsenfest davon überzeugt, dass sie es mit einem kriminellen Doppelgänger zu tun hatten. Und das Ergebnis: Er und Peter durchsuchten den gesamten Zug nach einem Phantom, das es vielleicht gar nicht gab, und der dritte Detektiv hockte hier seit fast zwei Stunden und schaute einem schnarchlangweiligen Barbecue-Fan beim Bücherlesen zu!

Missmutig warf Bob zum wiederholten Mal einen Blick ins Restaurant, um sich zumindest für ein paar Sekunden abzulenken. Seine Sitznachbarn gegenüber hatten inzwischen gewechselt. Statt zweier Geschäftsmänner in Businessanzügen saß dort nun ein Paar in mittleren Jahren, das freizügig vor sich hin flirtete. Die Frau im smaragdgrünen Abendkleid hatte ihre dunklen Haare zu einer raffinierten Turmfrisur hochgesteckt, und der Mann mit dem auffällig kantigen Kinn trug eine weiße Nelke am Revers seines silbergrauen Jacketts. Soeben streichelte die Frau ihm mit dem Zeigefinger über den Handrücken und kicherte leise. Vielleicht starteten die beiden mit dem *Coast Imperial* in ihre Flitterwochen.

›Manche Menschen nutzen diese Zugfahrt doch tatsächlich, um einfach nur zu entspannen‹, dachte Bob grimmig und blickte wieder zum friedlich lesenden dürren Mann hinüber. Dann jedoch stutzte er, als er bemerkte, dass das Paar nebenan plötzlich völlig verstummt war. Neugierig schaute er über den rechten Seitenzipfel der Zeitung hinweg zum Nachbartisch – und hielt erschrocken die Luft an. Der Kinntyp hatte Bob den Kopf zugewandt und starrte ihm direkt in die Augen.

»Also doch!«, knurrte er wütend und deutete anklagend auf den völlig verwirrten Jungen.
»Ich … verstehe nicht«, brachte Bob stockend hervor. Das war die reine Wahrheit. Er hatte nicht die geringste Ahnung, was da gerade vor sich ging, und das war kein gutes Gefühl.
»Jetzt tu nicht so scheinheilig!« Aufgebracht wies der Mann auf die *Los Angeles Post*. »Die Zeitungstarnung, die ständigen Seitenblicke zu uns und das nervöse Zucken – da muss man doch nur zwei und zwei zusammenzählen: Du wurdest von Trevor geschickt, um Philomena nachzuspionieren!«
»Das ist ja unerhört!«, entfuhr es der sehr blass gewordenen Frau mit einer Mischung aus Verunsicherung und Zorn.
Bob spürte förmlich, wie ihm die Kinnlade herunterfiel. »*Wie bitte?*« Er kam sich vor wie im falschen Film.
Die Gesichtsfarbe des Kinntyps hatte sich mittlerweile dem Hummer auf seinem Teller angeglichen. »Und die kleine Speckbacke vorhin an der Tür gehört bestimmt auch dazu! Mit dieser Ringnummer wollte der doch bloß in unsere Kabine reinschnüffeln! Wirklich raffiniert von Trevor, Teenie-Spione auf uns anzusetzen, aber ich habe euch durchschaut!«
Fassungslos starrte der dritte Detektiv ihn an. »Sir, ich … weiß wirklich nicht, wovon Sie sprechen.« Hastig faltete er die Zeitung zusammen. »Und nun entschuldigen Sie mich bitte, ich muss zu einem dringenden Termin.« Trotz des ausgebrochenen Chaos in seinem Kopf war Bob klar, dass er unbedingt eine weitere Eskalation dieses Zwischenfalls verhindern musste. Zwar war die allgemeine Geräuschkulisse im Restaurant so groß, dass bislang kaum jemand den Gefühlsausbruch des Manns bemerkt zu haben schien, aber das

konnte sich sehr schnell ändern, vor allem falls der Wüterich am Ende noch handgreiflich wurde. Und tatsächlich erhob sich der Kinntyp nun und kam drohend auf Bob zu.
»Dringender Termin, schon klar«, schnaubte er. »Du triffst dich jetzt mit dem Mopsgesicht und dann ruft ihr bei Trevor an, um ihm brühwarm alles zu erzählen.«
Fast wäre Bob einfach losgelaufen, da fiel ihm siedend heiß ein, dass er noch nicht gezahlt hatte. Zur Krönung auch noch einen Aufruhr wegen Zechprellerei auszulösen, wollte er nicht riskieren. Mit fahrigen Händen holte er seine Geldbörse hervor und legte ein paar Dollarscheine auf den Tisch. Anschließend wollte er seitlich an dem Mann vorbei durch den Mittelgang abhauen, doch es war bereits zu spät.
»Nicht so eilig, Kleiner …« Der Kinntyp stellte sich ihm in den Weg und umschloss mit eisenhartem Griff Bobs Handgelenk, sodass der Junge erschrocken die Geldbörse losließ. Als diese auf dem Boden aufprallte, löste sich unglücklicherweise eine seiner Visitenkarten aus dem Steckfach und blieb direkt vor den Füßen des Manns liegen. Noch bevor Bob reagieren konnte, hatte sein Gegenüber sich schon blitzartig zu der Karte hinuntergebeugt und hob sie auf. Als der Mann unter den entsetzten Blicken des dritten Detektivs den Schriftzug las, weiteten sich seine Augen schlagartig.
Abwehrend schüttelte Bob den Kopf. »Sir, ich versichere Ihnen: Es ist nicht so, wie es aussieht!«
Statt einer Antwort hielt der Kinntyp dem Jungen triumphierend die Visitenkarte direkt vors Gesicht, sodass Bob den Hummergeruch an seinen Fingern riechen konnte.
»Die drei *DETEKTIVE*!«

Wilde Tiger und rettende Toiletten

Mit einem Aufschrei taumelte der Erste Detektiv zur Seite und prallte mit der Schulter gegen den Schrank, aus dem nun das Seil samt einem daran hängenden, schweren Gegenstand herausfiel – genau auf Justus' rechten Fuß. Den Schmerz bemerkte er jedoch kaum, zu groß war der Schock angesichts des Angriffs. Irgendjemand hatte ihn am Nacken gepackt und zerrte nun wie wild an seinem Sweatshirt, sodass ihm sein eigener Hemdkragen die Luft abschnürte.

»Loslassen!«, keuchte Justus und versuchte verzweifelt, mit nach hinten geworfenen Armen seinen Gegner zu packen, doch es gelang ihm einfach nicht. In seiner Not sah er nur eine Möglichkeit: Er musste sein eigenes Gewicht als Waffe einsetzen und sich rücklings auf den Angreifer fallen lassen.

Im selben Moment stürmte Peter mit erhobener Faust in die Kabine, blieb dann aber abrupt stehen und starrte ihn überrascht an. »Was machst du denn da mit der Katze?«

»Katze?!«, ächzte Justus und verharrte ebenfalls.

Durch Peters Auftauchen erschreckt, ließ der mächtige, rotbraune Perserkater nun von seinem Opfer ab und verschwand laut fauchend unter dem Himmelbett. Mit schiefem Grinsen musterte der Zweite Detektiv seinen kreidebleichen Freund, dessen Sweatshirt wie ein zerrupfter Sack an ihm herabhing.

»Also, unauffällig war das jetzt nicht gerade.«

»Tut mir aufrichtig leid, dass ich nicht mucksmäuschenstill bleiben kann, wenn mich ein ausgewachsener bengalischer

Tiger anfällt«, knurrte Justus und versuchte, sein Sweatshirt zumindest halbwegs wieder in Form zu bringen. Ein aussichtsloses Unterfangen, wie sich rasch herausstellte.
»Der kleine Racker wollte vermutlich nur sein Revier verteidigen«, mutmaßte der Zweite Detektiv.
Justus schnaubte verächtlich. »Von wegen klein. Dieses Ungeheuer wiegt bestimmt einen halben Zentner!« Anklagend fixierte er Peter. »Wieso hat es eigentlich so lange gedauert, bis du mir zu Hilfe gekommen bist? Hast du geglaubt, ich zerlege die Bude hier zu meinem Privatvergnügen?«
»Sorry, Chef, aber ich musste abwarten, bis eine Frau mit Kinderwagen vorbeigegangen war.« Stirnrunzelnd blickte Peter sich um. »Bevor du abziehst, solltest du aber noch ein wenig aufräumen.«
Justus verdrehte die Augen. »Vielen Dank für den Tipp! Ich hätte doch glatt übersehen, dass Spuren eines Kampfgetümmels möglicherweise dezent verdächtig wirken könnten.«
»Du weißt doch: Ich stehe dir immer wieder gerne mit meinem Rat zur Seite«, erwiderte Peter zwinkernd und betrachtete ein mit Strasssteinen verziertes Halsband nebst Namensschild, das neben ihm auf einer Kommode lag. »Dein neuer Kumpel heißt übrigens Finney. Nur für den Fall, dass ihr zwei noch mal ins Gespräch kommt.« Vergnügt winkend zog er sich wieder auf seine Position im Gang zurück.
»Neuer Kumpel …«, grummelte Justus gereizt und warf einen misstrauischen Blick in Richtung Himmelbett, unter dem jedoch alles ruhig war. Dann kniete er sich neben den heruntergefallenen Gegenstand und erkannte, dass es sich um einen Katzenkratzbaum handelte. Am oberen Ende hatte

Finney mit seinen kräftigen Tatzen offenbar ein langes Stück des umgewickelten Sisal-Taus herausgerissen.
»So viel zum Thema Fesselstrick …«, raunte Justus missmutig und verstaute das Gerät zurück im Schrank. Anschließend rückte er die Teppiche wieder zurecht, kontrollierte noch schnell das Badezimmer und verließ anschließend mit einem gezischten »Fellmonster!« die Kabine.
Da sie nun beide Schlafwagen komplett durchgecheckt hatten, beschlossen sie, vor der weiteren Suche zunächst einen Abstecher in ihre eigene Kabine zu machen, damit Justus sich umziehen konnte. Während der Erste Detektiv im Bad beschäftigt war, stand Peter an der leicht geöffneten Kabinentür und behielt den Gang im Auge. Kurz darauf kam Justus wieder heraus. Mit neuem Pullover und frisch gewaschenem Gesicht fühlte er sich deutlich besser.
»Die Schlafkabinen können wir hiermit also von unserer Liste streichen«, verkündete er und zog erneut seinen Prospekt aus der Tasche. »Vor uns liegen jetzt noch vier Wagen, allesamt öffentlich zugänglich. Die Durchsuchung dürfte also deutlich schneller vonstattengehen.«
»Und deutlich ungefährlicher, weil wir nicht dauernd einbrechen müssen«, fügte Peter erleichtert an und blickte aus dem Fenster. In der tiefen Schwärze der Nacht sah er die Lichter einer entfernten Stadt vorbeiziehen. »Zeit zum Aufbruch?«
»Noch nicht ganz.« Justus lächelte breit. »Zunächst mal wirst du dich jetzt nämlich ausziehen.«

Bob hätte es nicht für möglich gehalten, dass er sich mal über ein Wiedersehen mit dem jähzornigen Texaner freuen würde, doch als ihnen nun der dicke Mann mit dem Cowboyhut entgegenwankte und aus Versehen gegen den Kinntyp stieß, ermöglichte er dem dritten Detektiv völlig unerwartet die Flucht. Blitzschnell schnappte sich Bob seine Geldbörse und rannte durch die Lücke zwischen den beiden strauchelnden Männern hindurch. Zu seinem Schrecken bemerkte er jedoch, dass der kantige Kerl keineswegs von ihm abließ, sondern unter den teils irritierten, teils missbilligenden Blicken der übrigen Fahrgäste augenblicklich die Verfolgung aufnahm. Innerlich fluchend sprintete Bob, so schnell es ging, zum vorderen Ausgang des Restaurantwagens. Die andere Richtung hätte ihn in den Salon und damit unweigerlich in eine Sackgasse geführt. Doch auch der nun folgende Panoramawagen drohte für ihn zur Endstation zu werden. Bestürzt erkannte der dritte Detektiv nämlich, dass der Aufgang zur oberen Etage momentan von einer Großfamilie mit diversen Kindern versperrt war, während in der unteren Etage eine Servicefrau mit ihrem Snack-und-Getränke-Wagen den Gang blockierte. Bob blickte über die Schulter und erkannte entsetzt, dass sein Verfolger den Restaurantwagen schon fast durchquert hatte. Wenn in den nächsten drei Sekunden kein Wunder passierte, würde es mächtig ungemütlich werden. In diesem Moment öffnete sich schräg links von ihm eine Tür und ein älterer Herr in dunkelgrünem Anzug verließ den kleinen Toilettenraum.

»Halleluja!«, hauchte Bob und schlüpfte hinein. Mit zitternden Händen betätigte er die Verriegelung und lauschte angestrengt. Doch seine Hoffnung, dass der Kinntyp den Abstecher nicht bemerkt hatte und an seinem Versteck vorbeirannte, erfüllte sich nicht. Nur einen Wimpernschlag später setzte ein heftiges Rütteln an der Tür ein und ließ den dritten Detektiv instinktiv zurückweichen.

»Mach sofort auf, du kleine Ratte!«, fauchte der Mann zornig. Panisch blickte sich Bob in dem winzigen Raum um, doch aus seinem selbst gewählten Gefängnis gab es kein Entkommen. Alles, was er tun konnte, war abzuwarten und zu hoffen, dass die Tür standhalten würde. Fassungslos schüttelte der dritte Detektiv den Kopf. Die ganze Situation war absolut grotesk, denn hier handelte es sich um ein Missverständnis, das eigentlich gar keines war. Schließlich hatte der Mann ja vollkommen recht mit seiner Annahme, dass Bob und seine Freunde Detektive waren – nur dass es die drei ??? überhaupt nicht auf ihn und seine Begleiterin abgesehen hatten! Das Problem war nun, dass der randalierende Tobsüchtige da draußen ganz offensichtlich für keine sachlichen Argumente zugänglich war. Und sein Zorn schien mit jeder verstreichenden Sekunde noch zu wachsen. So verblieb letztlich die unausweichliche Schlussfolgerung, dass Bob sich ohne Hilfe nicht aus dieser Notlage würde befreien können. Doch gerade als er sein Handy hervorholte, um Justus zu alarmieren, verstummte das Rütteln plötzlich. Angespannt horchend trat der dritte Detektiv einen Schritt näher an die Tür heran – und wich im selben Augenblick schockiert wieder zurück. Jetzt nämlich war ein hässliches, metallisches Kratzen zu hören. Für den schreckensstarren Bob gab es keinen Zweifel, was das zu bedeuten hatte: Statt des bisherigen, wirkungslos gebliebenen Zerrens versuchte der Kinntyp nun, das Schloss aufzubrechen …

Perplex riss Peter die Augen auf. »Ich soll *was* machen??«
»Na, dich ausziehen«, erwiderte Justus, als wäre das die normalste Aufforderung der Welt. »Ein voll bekleideter Junge im Schwimmbad wäre doch wohl ein wenig zu auffällig.«
Jetzt begriff der Zweite Detektiv. »Verstehe – als Nächstes kommt also der Poolwagen. Aber genauso gut könntest du das doch übernehmen, und ich checke die andere Etage.«
»Das wäre keine so gute Idee«, widersprach Justus. »Falls wir noch mal auf den Wüterich von vorhin treffen und ich stehe nur in der Badehose da, denkt der doch bestimmt, ich will tatsächlich eine Nackt-Tour durch den Zug unternehmen. Die anschließende Reaktion kannst du dir ja selber ausmalen.«
Schmunzelnd nickte Peter. »Da muss ich dir allerdings recht geben.« Er deutete auf die Kabinentür. »Okay, dann übernimm du die Wache, während ich mich poolfein mache.«
Eine Badehose hatte Peter wegen des hektischen Aufbruchs zwar vergessen einzupacken, aber da er ja nicht wirklich schwimmen, sondern nur einen Blick auf die anwesenden Badegäste werfen wollte, war das nicht weiter schlimm. Er zog sich einfach bis auf die Boxershorts aus und schlüpfte in den Bademantel, der an einem Haken neben der Dusche hing. Praktischerweise standen auch mehrere Paar Gummisandalen zur Verfügung.
Kaum eine Minute später brach der Zweite Detektiv gemeinsam mit Justus auf. Als sie das kleine Verbindungsstück zwischen Schlaf- und Poolwagen betraten, hielt Peter plötzlich inne. »Da unten – wieder ein zusammengeknüllter Zettel!«

Tatsächlich handelte es sich wie bei den vorigen Papierfetzen erneut um ein Stück derselben Fahrkarte.
»Die Risskanten passen exakt zusammen«, stellte Justus fest. »Wir sind also auf der richtigen Spur!«
Während er nun zur oberen Etage hinaufstieg, ging Peter auf die Tür zum Pool zu. Hier zögerte er jedoch, als er das seitlich angebrachte Messingschild mit den Öffnungszeiten bemerkte. Jetzt, um Viertel vor zehn, war das Schwimmbad bereits geschlossen.
»Na toll, der ganze Aufwand umsonst«, murmelte der Zweite Detektiv grimmig, stellte dann aber fest, dass die Tür sich dennoch öffnen ließ. Auf den ersten Blick hatte es den Anschein, als ob sich niemand in dem sanft erleuchteten Raum aufhielt, doch Peter war sich nur zu gut bewusst, dass Justus eine vollständige Durchsuchung von ihm erwartete. Also huschte er hinein und schloss die Tür hinter sich. Sofort wurde er von tropischer Wärme und einer intensiven Duftmischung aus Chlor, Ananas und Kokosmilch umfangen. Staunend betrachtete er das lang gestreckte, ganz in hellem Marmor-Imitat eingefasste Schwimmbecken, das nahezu die gesamte Etage ausfüllte. Aus verständlichen Gründen war der Pool nicht ebenerdig, sondern erinnerte eher an eine riesige Badewanne, deren Rand sich ungefähr in Schulterhöhe befand. Zum Tauchen war dieses Becken zwar nicht geeignet, aber für fröhlichen Badespaß oder um ein paar Bahnen zu ziehen, reichte es allemal. Im Augenblick war allerdings eine türkisfarbene Schutzfolie über das Wasser gebreitet und wiegte sich in beständigen Wellenbewegungen auf und ab. Die gekachelten Wände waren ebenso wie die Decke in foto-

realistischem Stil bemalt und erweckten die Illusion eines palmenbewachsenen Traumstrands unter stahlblauem Sommerhimmel. Mit einem Blick durch die – von außen sicherlich verspiegelten – Fensterscheiben erkannte Peter, dass der *Coast Imperial* derzeit durch unbesiedeltes Gebiet fuhr. Außer dem matten Schimmer des Mondes war kein einziger Lichtschein zu erkennen. Jeweils am vorderen und hinteren Ende des circa fünfzehn Meter langen und knapp zweieinhalb Meter breiten Pools waren Metallsprossen mit Geländern zum Ein- und Ausstieg angebracht. Entlang dem Becken führte ein schmaler, gleichfalls gekachelter Gang zum anderen Ende des Wagens, an dem sich eine sichtgeschützte Duschkabine befand. Am äußeren Rand des Gangs verlief ein weißer Kunststoff-Gitterrost, unter dem sich vermutlich ein Auffangbecken für überschwappendes Wasser befand. Peter konnte sich lebhaft vorstellen, wie turbulent es hier tagsüber zuging, wenn Kinder und Jugendliche sich in dem Becken austobten. Jetzt hingegen war es in dem gähnend leeren Poolwagen geradezu gespenstisch still. Vorsichtig schritt der Zweite Detektiv den Gang hinunter, um auch die Dusche zu kontrollieren. Am Ziel angekommen, horchte er zunächst und drückte dann vorsichtig die Schwingtür auf. Wie erwartet war die Kabine leer. Da er seine detektivische Pflicht nun erfüllt hatte, wandte sich Peter zum Gehen, doch im Gegensatz zum Eingang war die Tür an diesem Ende des Wagens verschlossen. Augenrollend trat er den Rückweg an – und zuckte entsetzt zusammen. Von einer Sekunde zur anderen war urplötzlich die komplette Beleuchtung im Poolwagen erloschen!

Grauen in der Finsternis

Stocksteif verharrte der Zweite Detektiv und starrte hilflos in die Dunkelheit. »H-hallo?«, fragte er zaghaft, doch außer dem leisen Plätschern des Wassers unter der Plane und einem schwachen Summen, offenbar von einer Klimaanlage, war nicht das Geringste zu hören. Energisch versuchte Peter, sich zu beruhigen. Vermutlich handelte es sich schlicht um irgendeine Automatikschaltung. Das war gar nicht so unwahrscheinlich, schließlich war eine Beleuchtung nach Betriebsschluss ja überflüssig. Kein Grund also, sich wegen einer harmlosen Energiesparfunktion verrückt zu machen. Ärgerlich war nur, dass Peter in seinem Bade-Outfit kein Handy dabeihatte, dessen helles Display er als Taschenlampe hätte verwenden können.

Für einen kurzen Moment schloss der Zweite Detektiv die Augen und atmete ein paarmal tief durch. Der Duft nach Kokosmilch kam ihm jetzt noch intensiver vor, aber das lag vermutlich daran, dass seine Sinne in der Dunkelheit empfindlicher auf alle äußeren Reize reagierten. Als Peter die Lider wieder aufschlug, konnte er dank des matten Mondscheins zumindest schemenhafte Umrisse erkennen. Wie ein gigantischer, rechteckiger Quader ragte das Schwimmbecken neben ihm auf. Er musste sich also lediglich am Beckenrand entlang den schmalen Gang entlangtasten, bis er das Ende des Wagens und somit den Ausgang erreicht hatte. Für einen notfallgeübten Detektiv das reinste Kinderspiel. Leicht vorgebeugt trat Peter an das Becken heran, umfasste mit seiner

rechten Hand den Rand und bewegte sich Zentimeter für Zentimeter in dem beständig ruckelnden Gang vorwärts. Leider hatte sich soeben offenbar eine Wolkenfront vor den Mond geschoben, sodass nun nahezu tintenschwarze Finsternis in dem Raum herrschte. Peter schätzte, dass er mittlerweile die Hälfte der Strecke hinter sich gebracht hatte.
Plötzlich verharrte er zögernd. Spielte ihm sein überreiztes Gehör einen Streich, oder hatte er gerade ein leises Stöhnen vernommen?! Angestrengt lauschte der Zweite Detektiv in die gestaltlose Dunkelheit hinein, doch außer dem stetigen Geplätscher und leisen Gesumme war nichts zu hören. Wie sollte das auch möglich sein? Schließlich war er völlig allein im Schwimmbad. Kopfschüttelnd tastete sich Peter weiter, erstarrte wenige Sekunden später jedoch erneut, als in geringer Entfernung ganz eindeutig ein heiseres Keuchen erklang. Schockiert wich er einen Schritt zurück. So unfassbar es auch schien – irgendwo vor ihm im schwarzen Nichts war jemand!

Der dritte Detektiv rechnete fest damit, dass die Tür in Kürze auffliegen und er anschließend eine gewaltige Abreibung beziehen werde. Doch zu seiner Überraschung erklang stattdessen eine forsche Frauenstimme.
»Öffnen Sie bitte die Tür. Andernfalls sehe ich mich gezwungen, dies selbst zu tun.«
Nach kurzem Zögern kam Bob der Aufforderung nach. Statt des wutschäumenden Kinntyps blickte er nun in das Gesicht einer jungen, dunkelhäutigen Zugbegleiterin, die ihn irritiert musterte. Dann trat sie einen Schritt zur Seite und schwenkte auffordernd die linke Hand, in der sie offenbar einen Ge-

neralschlüssel hielt. »Würdest du freundlicherweise herauskommen?«
Zögernd befolgte Bob die Bitte und kam in den Gang hinaus. Mit einem mulmigen Gefühl sah er, dass der Hitzkopf keineswegs verschwunden war, sondern sich schnaubend hinter der hochgewachsenen Frau postiert hatte. Etwas abseits standen einige weitere Fahrgäste, die das Spektakel angelockt hatte, und gafften neugierig.
»Jetzt kriege ich dich endlich dran, du Schnüffler!«, zischte der Kinntyp mit erhobener Faust.
Doch die Uniformierte hob jetzt ihrerseits energisch den Zeigefinger. »Sir, ich muss Sie bitten, sich zu mäßigen. Was für ein Konflikt hier auch vorliegen mag – wir werden ihn ruhig und sachlich klären.«
Deutlich weniger streng wandte sie sich an den dritten Detektiv. »Was ist denn nun eigentlich vorgefallen?«
Mit unschuldiger Miene deutete Bob auf den zornigen Mann. »Das Ganze ist ein riesengroßes Missverständnis. Ich habe –«
»Missverständnis?!«, fauchte sein Widersacher. »Du ergreifst die Flucht und versteckst dich in einer Toilette – das spricht ja wohl für sich!«
Trotz der heiklen Situation fühlte nun auch Bob Wut in sich aufsteigen. »Ich bin bloß deswegen weggelaufen, weil Sie wie ein wilder Stier auf mich losgegangen sind! Und das alles nur, weil Sie mir einfach nicht zuhören wollen!«
»Einem Lügner brauche ich nicht zuzuhören!«, konterte der Mann. »Ich weiß auch so, was Sache ist!«
»Dann klären Sie mich bitte endlich auf«, forderte die Zugbegleiterin ungeduldig.

Der Kinntyp verschränkte die Arme vor der Brust. »Ganz einfach: Dieser kleine Mistfink und vermutlich noch zwei Komplizen spionieren hinter mir und meiner Begleiterin her!« Er hielt der Frau die zerknitterte Visitenkarte hin, die er die ganze Zeit in seiner Faust gehabt hatte. »Hier, lesen Sie selber!«
Mit skeptisch erhobener Augenbraue betrachtete die Uniformierte den Text.

»So eine Karte kann sich doch jeder ausdrucken«, sagte sie dann entschieden. »Als Kind habe ich mir mit Pappe und Filzstiften einen eigenen FBI-Ausweis gebastelt – das ist doch pure Spielerei.«
»Genau!«, pflichtete Bob ihr eifrig bei. »Das Ganze ist bloß ein Spiel. Meine Freunde Justus und Peter und ich tun so, als wären wir Ermittler und spielen die Fälle berühmter Detektive nach: Sherlock Holmes, Hercule Poirot, Philip Marlowe und so weiter. Und vorhin war ich gerade bei einer Szene aus ›Mord im Orient-Express‹, als plötzlich dieser Mann auf mich zukam und mich so erschreckt hat, dass ich weggerannt bin.«

Mit vielsagender Miene blickte die Zugbegleiterin nun den Kinntyp an, dessen felsenfeste Entschlossenheit einen deutlichen Knacks bekommen hatte.
»Ein … Spiel?«, fragte er stockend.
Lächelnd deutete die Frau auf Bob. »Ich bitte Sie, Sir, schauen Sie ihn sich doch an – das ist ein harmloser Schuljunge mit beneidenswert großer Fantasie, aber ganz gewiss kein Spion.«
Bob spürte, dass die Überzeugung des Manns kurz vor dem Zusammenbruch stand, und setzte noch eins drauf. »Glauben Sie denn wirklich, jemand wäre so verrückt, Kinderdetektive zu beauftragen?«
»Hm …« Einen kurzen Moment lang schwieg der Kinntyp. Dann war ein verdrossenes Nuscheln zu hören, das klang wie: »Stimmt … das wäre wirklich absurd …«
»Na bitte, dann hätten wir das ja geklärt«, stellte die Zugbegleiterin strahlend fest und gab Bob seine Karte zurück. »So, und nun husch mal zu deinen zwei Kameraden zurück. Die brauchen ihren Mann für Recherchen und Archiv ja schließlich.«
Erleichtert lächelte Bob zurück. »Da möchte ich nicht widersprechen.«

In der Zwischenzeit schlenderte Justus langsam durch die obere Etage des Poolwagens, die als gediegener Aufenthaltsraum mit diversen familienfreundlichen Unterhaltungsangeboten eingerichtet war. Hier konnten sich die kleinen und großen Besucher mit Brett- und Kartenspielen jeglicher Art vergnügen, puzzeln, basteln oder Quizfragen lösen. Lediglich Billardtische und Dartscheiben suchte man logischer-

weise vergebens, da solche Präzisionsspiele sich nicht mit den Bewegungen eines fahrenden Zuges vertrugen.
Jetzt, da es auf zehn Uhr zuging, hielten sich nur noch wenige Kinder in dem Freizeitraum auf. Und wie zu erwarten war, befand sich der gesuchte Mr Whitty nicht unter den spielfreudigen Gästen. Gerade als Justus seinen Weg durch den Wagen fortsetzen wollte, wies ihn ein Piepton seines Handys darauf hin, dass eine SMS eingegangen war. Die Nachricht stammte von Bob: *Musste Beschattung abbrechen. Ohnehin Zeitverschwendung, Whitty-Typ völlig unverdächtig. Gehe jetzt noch mal für Recherchen ins Internet. Wenn ihr mich braucht, sagt Bescheid.*
»Da scheint ja jemand so richtig guter Laune zu sein«, murmelte der Erste Detektiv, steckte das Mobiltelefon wieder ein und blickte sich weiter um. Die meisten der anwesenden circa zwanzig Erwachsenen hatten sich an Vierertischen zum Kartenspiel zusammengesetzt. Zu spät erkannte Justus, dass es sich hier um das Bridge-Turnier handelte, von dem die Lateinlehrerin Margaret vorhin gesprochen hatte. Er wollte sich gerade umdrehen, um ein Wiedersehen zu vermeiden, da erklang auch schon eine nur allzu vertraute hohe Stimme.
»Hallo, junger Mann! Komm ruhig näher – du musst mir unbedingt erzählen, wie es deinem armen Freund geht!«

›Das kann doch nicht wahr sein‹, schoss es dem Zweiten Detektiv durch den Kopf. ›Ich befinde mich in einem stockdunklen Schwimmbad, das mit 100 Meilen pro Stunde auf einer Schiene dahinrast, und plötzlich taucht wie aus dem Nichts ein keuchender Geist vor mir auf!‹

Krampfhaft versuchte Peter, eine Erklärung für das Geschehen zu finden. Hatte sich vorhin hinter seinem Rücken vielleicht ein weiterer Fahrgast hierherverirrt und war dann ebenfalls vom erlöschenden Licht überrascht worden? Aber warum hatte der Unbekannte beim Hereinkommen nichts gesagt? Und wieso gab er nun so seltsame Geräusche von sich?

Das Keuchen war mittlerweile in ein kehliges Stammeln übergegangen, das durch den Hall in dem gekachelten Raum unheimlich verzerrt wurde, und Peter war sicher, dass es von einem Mann ausgestoßen wurde. Jetzt konnte er aus dem Wispern auch einzelne Worte heraushören.

»Bitte … bitte, bitte, bitte …« Ein verzweifeltes Ächzen. »Das … das können die doch nicht machen … Niemand darf das wagen … niemand … niemand …«

Die Gedanken des Zweiten Detektivs stoben wild durcheinander. Von wem faselte der Mann da? Und was versetzte ihn so sehr in Furcht? Eine dunkle Ahnung stieg in Peter hoch. War das da vorne etwa der verschwundene Mr Whitty? Hatte er seinen Entführern entkommen können? Dann redete er vielleicht von seinen Verfolgern! Aber was war es, das sie nicht wagen durften?

Jetzt stockte der Fremde plötzlich und sog scharf die Luft ein. Er schien auf irgendetwas aufmerksam geworden zu sein. Auch Peter hielt unwillkürlich den Atem an.

»Oh nein! Ihr … habt es hergebracht?! Das ist doch Irrsinn! Wenn … es freikommt, gibt es eine Katastrophe!«

Die Unruhe des Zweiten Detektivs war längst nackter Angst gewichen. Waren die Verfolger bereits hier im Raum?? Wie

war das möglich? Und *was* hatten sie hierhergebracht, das den Mann so erschreckte? Fieberhaft starrte Peter in die Dunkelheit hinein, doch da war nur Schwärze.
Plötzlich kam ihm ein furchtbarer Verdacht, der ihm schlagartig die Luft aus den Lungen presste. Wenn das da vorne wirklich Mr Whitty war, dann meinte er mit ›es‹ vielleicht jenes Geschöpf, das er vor seinem Verschwinden an der Bar immer wieder erwähnt hatte: das vorzeitliche Käfermonster …
Die Sätze, die der Mann wenige Sekunden später mit brüchiger, von schierem Entsetzen erstickter Stimme hervorstieß, brachen wie eine grässliche Bestätigung über den Zweiten Detektiv herein.
»Ich flehe euch an: Lasst es nicht heraus! Niemand könnte es dann noch aufhalten! Es kennt nur zwei Dinge – laufen und fressen!«
Peter wurde von nackter Panik erfasst. Mit zitternden Händen hielt er sich die Ohren zu. Er wollte diesem schrecklichen Flüstern entkommen – und dem Grauen, das es in ihm heraufbeschwor. Doch sosehr er sich auch wünschte, die irren Worte des Mannes auszublenden, er schaffte es nicht.
Wie mit einer Rasierklinge durchschnitt nun ein Schrei die Finsternis und ließ Peter das Blut in den Adern gefrieren.
»Ihr Wahnsinnigen! Ihr … habt es wirklich getan! Nun sind wir alle verloren!« Ein röchelndes Keuchen folgte: »Ihr habt es freigelassen! IHR HABT ES FREIGELASSEN!!«
Geschockt taumelte der Zweite Detektiv zurück, rutschte auf den nassen Fliesen aus und stürzte zu Boden. Japsend auf dem Rücken liegend, vernahm er plötzlich Schritte, die sich

schnell entfernten. Kurz darauf, begleitet von einem gleißend hellen Lichtblitz, erklang das Knarren einer aufgerissenen Tür, die unmittelbar darauf wieder zugeschlagen wurde. Mit rasendem Puls blieb Peter noch einige Sekunden reglos liegen. Dann stützte er sich mit den Ellenbogen auf und lauschte, doch außer dem Rauschen des Blutes in seinem Kopf und den leisen Geräuschen des Schwimmbads konnte er nichts wahrnehmen. So plötzlich der Mann aufgetaucht war und sein irrsinniges Horrorspektakel entfacht hatte, so abrupt war der Spuk nun wieder verschwunden.

Vorsichtig tastete der Zweite Detektiv nach der Beckenwand, ging dann so lautlos wie möglich auf die Knie und stand schließlich wieder auf. Er atmete ein paarmal tief durch, dann wollte er seinen Rückweg zum Ausgang fortsetzen, doch dazu kam es nicht. Denn in diesem Moment vernahm der Zweite Detektiv mit namenlosem Entsetzen ein entferntes Geräusch: das klickende Trippeln einer Vielzahl langer Beine, die sich rasch auf ihn zubewegten!

Gigant auf vielen Beinen

Peter wirbelte herum und tastete sich, so schnell er konnte, wieder zurück. Vielleicht schaffte er es bis zur Duschkabine und konnte sich dort irgendwie verschanzen! Doch bereits nach wenigen Sekunden musste der Zweite Detektiv einsehen, dass er es niemals rechtzeitig schaffen würde. Das entsetzliche Trippeln in seinem Rücken näherte sich viel schneller, als er sich auf dem feuchten Boden fortbewegen konnte. Es gab nur noch eine Möglichkeit: Er musste auf den Beckenrand klettern und hoffen, dass das Monstrum unten auf dem Gang an ihm vorbeilief! Hastig ergriff Peter mit beiden Händen den Rand und schwang sich hinauf. Rasch ertastete er, dass die nasse Fläche breit genug war, um darauf zu sitzen. Mit angewinkelten Beinen kauerte er sich darauf zusammen und presste seinen Mund auf die Knie, um nicht laut aufzuschreien. Trotz der schwülen Hitze zitterte er so stark am ganzen Leib, dass er befürchtete, jeden Moment abzurutschen. Mit angehaltenem Atem und geschlossenen Augen lauschte er in die Finsternis hinein. Die Geräusche der offenbar riesigen Insektenbeine raubten dem Zweiten Detektiv vor Angst und Ekel beinahe den Verstand.

›Das ist doch überhaupt nicht möglich!‹, schrie eine Stimme in seinem Inneren. ›Dieses Ungeheuer ist doch schon vor Millionen von Jahren ausgestorben!‹

Wie zur Verhöhnung seiner Gedanken mischte sich unter das Trippeln nun auch ein widerwärtiges Rasseln und Gurgeln. Peter glaubte sogar, die Vibrationen spüren zu können,

die das gewaltige Gewicht des Monsterkäfers auslöste. Das Tier musste jetzt genau unter ihm sein. Und dann geschah das Entsetzlichste, was hätte passieren können: Die Laufgeräusche verstummten abrupt.
Sofort schnürte sich Peters Kehle zu, als er vor seinem inneren Auge sah, wie der vordere Teil des Rieseninsekts sich zu Mannsgröße aufrichtete und ein grauenvoller Kopf mit gigantischen Beißklauen auf ihn zukam. In diesem Augenblick ertönte unmittelbar neben dem rechten Ohr des Zweiten Detektivs ein gieriges Zischeln.
Laut aufschreiend schlug Peter panisch um sich, verlor das Gleichgewicht und stürzte rücklings in den Pool. Das Letzte, was er sah, bevor ein knisterndes Chaos aus Folie und Wasser über ihm zusammenbrach, waren fahles Mondlicht, das in diesem Moment wieder durch die Seitenfenster fiel – und ein großer Schatten am Beckenrand.
Als er sich wieder an die Oberfläche gestrampelt hatte, schrillte plötzlich ein besorgter Ruf vom vorderen Ende des Wagens zu ihm hinüber. »Peter!! Ich komme!«
Sämtliche Lampen flammten auf und blendeten Peter so stark, dass er sich den Arm vor die Augen halten musste.
Wenige Sekunden später hörte er Justus' Stimme direkt über sich. »Hier, nimm meine Hand!«
Nachdem der Erste Detektiv seinem Freund aus dem Wasser geholfen hatte, berichtete Peter von den unfassbaren Geschehnissen der vergangenen Minuten.
Ungläubig starrte ihn Justus an. »Mr Whitty soll hier gewesen sein, und kurz danach hat dich ein leibhaftiger Arthropleura angegriffen?!«

»Ich weiß, wie verrückt sich das anhört!«, gab Peter genervt zurück. »Ich würde es ja auch nicht glauben, wenn ich's nicht selber erlebt hätte.«
Skeptisch ließ Justus seinen Blick durch das Schwimmbad schweifen. »Die hintere Tür scheint aufgebrochen worden zu sein. Aber von einem Riesenkäfer ist weit und breit nichts zu sehen, und entgegengekommen ist mir auch niemand.«
»Wenn du früher hier gewesen wärst, hättest du selber mit dem Ungeheuer Bekanntschaft schließen können! Wo warst du überhaupt so lange?«
Mit verzogenen Mundwinkeln deutete Justus nach oben. »Ich bin in die Fänge von Margaret geraten und musste ihr eine rührende Story von Bobs wiedergefundenem Asthmaspray auftischen, bevor sie mich wieder ziehen ließ.«
»Allemal besser als die Fänge eines Killerkäfers«, erwiderte Peter. Noch immer jagte eine Gänsehaut nach der anderen seinen Rücken hinunter.
Während der Zweite Detektiv, angelehnt an den Beckenrand, allmählich zur Ruhe kam, lief Justus nach draußen, um nach verdächtigen Personen oder sonstigen Gestalten Ausschau zu halten. Nachdenklich kehrte er kurz darauf zurück, in der rechten Hand einen kleinen Papierschnipsel.
»Im Übergang zum nächsten Wagen habe ich das noch fehlende Fahrkartenstück mit dem Nachnamen von Whitty gefunden. Aber weder er noch ein Monsterinsekt ist irgendwo da draußen …«
»Das war für dich ja ohnehin klar«, knurrte Peter. »Du denkst doch, dass das alles nur in meiner Fantasie stattgefunden hat!«
»Mitnichten«, widersprach Justus. »Ich glaube dir durchaus,

dass du etwas *gehört* hast, das dich in Angst und Schrecken versetzte. Aber mit hoher Wahrscheinlichkeit handelte es sich dabei nicht um Ray Whitty, und mit absoluter Sicherheit war kein lebendig gewordener Urzeitkäfer daran beteiligt.«

»Sondern?«, fragte Peter gereizt.

»Das Ganze war vermutlich eine hinterhältige Inszenierung, um unsere Neugier auf die Spitze zu treiben.« Triumphierend hob der Erste Detektiv den Zeigefinger. »Und das bedeutet, dass ich die ganze Zeit recht hatte! Mr Whitty wurde entführt, und nun will man uns mit allen Mitteln an der Aufdeckung der Wahrheit hindern!« Plötzlich verharrte Justus mit verschleiertem Blick.

Irritiert sah Peter ihn an. »Was hast du?«

»Nach deinem Erlebnis ist mir gerade klar geworden, welchen Plan unsere Gegner verfolgen! Die Fahrkartenschnipsel waren keine Hilfesignale des Entführten, sondern *Köder*, mit denen man uns immer weiter den Zug herauflocken wollte. Als Gipfel der Ablenkung folgte dann die Gruselshow mit dem angeblichen Horrorkäfer, der dich attackiert hat!«

»Ablenkung?« Der Zweite Detektiv konnte nicht recht folgen.

»Ist doch ganz einfach«, entgegnete Justus ungeduldig. »All diese Aktionen sollten nur einen einzigen Zweck erfüllen, nämlich uns beide so weit wie möglich von dem Ort wegzulocken, an dem sich Mr Whitty in Wirklichkeit befindet: am *Ausgangspunkt* unserer Suche!«

Irritiert stutzte Peter. »Im Gepäckwaggon?! Aber den haben wir doch von oben bis unten durchstöbert – da war niemand!«

»Und dennoch kann es nicht anders sein!«, beharrte Justus. »Die Frage ist nur, was wir übersehen haben.«

Der Zweite Detektiv gab einen lauten Seufzer von sich. »Oh Mann. Ein verschwundener Entführter in einem unsichtbaren Versteck. Vielleicht sollten wir doch das Angebot von vorhin annehmen und James Bond um Hilfe bitten.«

»Bond …«, murmelte Justus mit seltsam entrückter Miene.

»Das war doch nur ein Scherz«, versuchte sich Peter zu rechtfertigen. »Mir ist schon klar, dass –«

»Der Koffer!«, rief der Erste Detektiv euphorisch. »Peter, das könnte die Lösung sein!«

»Ach ja? Und wieso?«

Aufgeregt blickte Justus seinen Freund an. »Denk an James Bonds spezialangefertigten Agentenkoffer im Film ›Liebesgrüße aus Moskau‹! Die Besonderheit dieses Gepäckstücks sind mehrere Geheimfächer, in denen unter anderem Munition, Goldmünzen und ein Wurfmesser verborgen sind.«

»Weiß ich doch«, entgegnete Peter ungehalten. »Aber ich kapiere nicht, was dieser Koffer mit Mr Whitty zu tun hat.«

»Geheimfach und doppelter Boden sind die Stichwörter!«, erklärte Justus aufgewühlt. »Der größte Gegenstand im Gepäckwaggon ist der Trinkwassertank, richtig?«

Peter nickte verunsichert. »Natürlich. Aber den hast du doch genau unter die Lupe genommen. Darin war nur Wasser!«

»In der Tat«, bestätigte der Erste Detektiv mit bedeutungsvoller Miene. »Allerdings war mir beim Reinschauen der Boden des Tanks etwas zu hoch vorgekommen.«

»Zu hoch?« Perplex hob Peter die Augenbrauen.

»Vorhin habe ich mir nichts dabei gedacht. Ich hielt es für eine optische Täuschung durch das Ruckeln des Zugs und das bewegte Wasser. Falls es jedoch *keine* Täuschung war …«

»… dann könnte sich unter dem Wasserbehälter ein Hohlraum befinden, der groß genug ist, um einen liegenden Mann darin zu verstecken!«, ergänzte Peter staunend. »Also wäre nicht der Tank selber das Versteck, sondern sein doppelter Boden!« Das war in der Tat eine überraschende Wendung. »Und … was machen wir jetzt?«

»Erst mal gehen wir zurück in unsere Kabine. Dort ziehst du dir trockene Sachen an, während ich Bob und Cecil anrufe.« Ein tatendurstiges Lächeln breitete sich auf Justus' Gesicht aus. »Und dann befreien wir Mr Whitty!«

Kaum fünf Minuten später hatte sich das Quartett in der Großkabine der drei ??? zusammengefunden. Zunächst berichteten Justus und Peter von den spektakulären Geschehnissen, bevor der Erste Detektiv zu seinem Schlussfazit ansetzte.

»Und deshalb bin ich der festen Überzeugung, dass Mr Whitty tatsächlich entführt wurde und sich, vermutlich betäubt, in einem geheimen Hohlraum im Boden des Tanks befindet.«

Sichtlich ungehalten rang Mr Arbuthnott die Hände. »Justus … wir hatten uns doch klipp und klar darauf geeinigt, dass Mr Whitty heil und gesund im Salon sitzt. Und nun kommst du urplötzlich wieder mit deiner Gangstergeschichte von einer Entführung an und redest von einem Geheimversteck im Wassertank!«

»Mir ist klar, wie abwegig sich das anhören muss«, gab der Erste Detektiv zu. »Aber ich ersuche Sie dennoch darum, uns noch mal in den Gepäckwaggon zu begleiten, um den unteren Teil des Tanks zu untersuchen. Wenn ich recht habe, steht möglicherweise ein Menschenleben auf dem Spiel!«

Mit strenger Miene verschränkte der Zugbegleiter die Arme vor der Brust. »Also, wenn das alles zu irgendeinem seltsamen Spiel gehört, geht das jetzt endgültig zu weit.«
Heftig schüttelte Justus den Kopf. »Cecil, Sie können uns glauben – es ist uns bitterernst mit der Entführung!«
»Und vielleicht kann ich sogar das Motiv für die Tat bieten«, meldete sich Bob unvermittelt zu Wort.
»Wie bitte?«, fragte Peter verdutzt. Auch Justus und Mr Arbuthnott blickten den dritten Detektiv überrascht an.
»Na, ich musste mich nach der völlig vergurkten Beschattung ja irgendwie beschäftigen«, erklärte Bob mit schiefem Grinsen. »Deshalb bin ich noch mal an den Computer gegangen, habe diesmal aber nicht Ray Whitty eingegeben, sondern den Namen dieses Urzeitkäfers. Wie erwartet gibt es zu diesem Tier eine Unmenge an wissenschaftlichen Einträgen, die man unmöglich alle lesen kann. Aber in Verbindung mit dem Stichwort Los Angeles stieß ich auf einen sehr interessanten und vor allem aktuellen Treffer.«
Gespannt beugte sich Justus vor. »Nämlich?«
Stolz zückte Bob sein Notizbuch. »Im *Discovery Center*, einem bekannten naturkundlichen Museum in Sherman Oaks, wird in Kürze eine Sonderausstellung stattfinden. Und als Kernstück dieser Präsentation waren die fossilen Überreste eines 300 Millionen Jahre alten Arthropleura vorgesehen.«
Ungehalten verzog Peter die Mundwinkel. »Ausgerechnet dieser eklige Riesenkrabbler?«
»Das hat einen guten Grund«, stellte der dritte Detektiv klar. »Bislang hat man rund um den Globus nämlich fast ausnahmslos versteinerte Häutungsreste dieses Tiers gefunden,

nicht aber die eigentlichen Körper. Deshalb tappen die Wissenschaftler bei der Einordnung dieser Gattung in vielen Bereichen noch völlig im Dunklen.« Er tippte auf eine Notiz. »Das Exemplar von Sherman Oaks dagegen war weltweit der *erste* Fossilienfund, der tatsächlich einen nahezu kompletten Körper einschließlich Unterseite umfasste.«

»Klingt nach einer wissenschaftlichen Sensation«, erwiderte Justus staunend.

Bob nickte. »Exakt. Zum ersten Mal wäre es jetzt möglich, nähere Einzelheiten über die Lebensweise und das Fressverhalten von Arthropleura zu erfahren. Ein solch einzigartiges Fossil stellt einen geradezu unvorstellbaren Wert dar.« Angespannt blickte er reihum. »Genau das war mit Sicherheit auch der Grund, warum es vor fünf Tagen gestohlen wurde.«

»In das Museum wurde eingebrochen?«, fragte Peter verblüfft.

»Nicht in das Museum selber, sondern in ein angrenzendes, speziell gesichertes Lagerhaus. Die Umstände der Tat sind allerdings noch völlig unklar.«

Ungeduldig klopfte der Zugbegleiter auf seine Sessellehne. »Gut und schön – in Los Angeles hat es also einen spektakulären Fossilienraub gegeben. Aber was hat das mit uns zu tun?«

»Dazu komme ich jetzt«, antwortete der dritte Detektiv. »Nach meiner Entdeckung habe ich mich nämlich zur Mitarbeiterliste des *Discovery Center* durchgeklickt. Und jetzt ratet mal den Namen des stellvertretenden Verwaltungsleiters.«

Strahlend verschränkte Justus die Arme vor der Brust. »Ray Whitty!«

Die Masken fallen

»Moment mal.« Irritiert legte Mr Arbuthnott den Kopf schief. »Ihr glaubt also, dass Mr Whitty in dieses Verbrechen verwickelt war? Aber wer sollte ihn dann jetzt entführen wollen?«
»Mutmaßlich die Einbrecher«, entgegnete der Erste Detektiv. »Vielleicht war Whitty ein unbeabsichtigter Zeuge und soll nun aus dem Verkehr gezogen werden. Wenn diese Fossilien wirklich ein Vermögen wert sind, wäre das auf jeden Fall ein ausreichend starkes Motiv.«
Bob nickte. »Definitiv. Auch ich bin überzeugt, dass Whitty das Opfer ist und nicht selbst hinter seinem Verschwinden steckt. Das hätte er ja viel unkomplizierter haben können.«
Nach einem kurzen Moment des Schweigens richtete Mr Arbuthnott seinen Blick auf den Ersten Detektiv. »Okay, überredet. Von dieser absurden Geschichte bin ich zwar noch ganz und gar nicht überzeugt, aber es wäre fahrlässig von mir, eure Vermutungen zu ignorieren, ohne mir selber ein Bild zu machen. Wir werden also zum Gepäckwaggon zurückgehen und den Tank noch einmal untersuchen.«
»Vielen Dank, Cecil«, entgegnete Justus aufatmend. »Das ist mit Sicherheit die richtige Entscheidung.«
Der Zugbegleiter stand auf und tippte auf das Funkgerät an seinem Gürtel. »Falls du recht haben solltest, können wir im Notfall binnen Sekunden von meinem Team Verstärkung anfordern. Anschließend würde dann die Polizei in Sacramento übernehmen.«
Peter lächelte erleichtert. »Gut zu wissen …«

Im Salonwagen angekommen, stellten die Jungen fest, dass er trotz der fortgeschrittenen Abendstunde immer noch bis auf den letzten Platz gefüllt war. Bei gedämpfter Swingmusik genossen die Fahrgäste, einschließlich des in ein neues Buch vertieften Doppelgängers, die entspannende Atmosphäre, unterhielten sich leise oder bestaunten die stimmungsvollen Licht- und Landschaftsimpressionen, die mit raffiniert verborgenen Projektoren an die Decke gezaubert wurden.

»Für morgen sollten wir bei Cecil unbedingt Plätze im Salon für uns reservieren lassen«, scherzte Bob leise in Richtung Justus, während Mr Arbuthnott ihnen vorausging. »Ansonsten kommen wir hier nie zum Sitzen.«

»Keine schlechte Idee«, gab Justus zurück, blieb jedoch ernst. »Wenn man es recht bedenkt, dann ist es wirklich merkwür–«

In diesem Augenblick stockte der Erste Detektiv, denn mitten im Gang war ihnen plötzlich eine Person in den Weg getreten, sodass die kleine Gruppe anhalten musste. Es handelte sich um die wie immer freundlich lächelnde Mrs Lockwood.

Verwundert stutzte der Zugbegleiter. »Kann ich Ihnen irgendwie behilflich sein?«

Nun breitete sich ein hämisches Grinsen auf dem Gesicht der ganz und gar nicht mehr harmlos wirkenden Frau aus.

»Und ob du das kannst, Zauselbart. Indem du die Schnauze hältst und tust, was wir sagen!«

Was nun folgte, ließ sogar den abgeklärten Justus fassungslos zusammenzucken. Wie auf ein lautloses Kommando hin verstummten nämlich von einer Sekunde zur anderen sämtliche Gespräche im Salon, und mit einer ruckartigen Bewegung drehten sich *alle* Passagiere gleichzeitig zu ihnen um und starrten sie an! Bestürzt blickten die drei Detektive und Mr Arbuthnott in die eiskalten Augen der alten Frau, des verliebten Pärchens, des dürren Manns und aller anderen Fahrgäste.

Von hinten trat jetzt der rothaarige Hüne heran, der ihnen offenbar die ganze Zeit in einigem Abstand gefolgt war. In seiner Rechten hielt er einen länglichen Gegenstand, der sich bei näherer Betrachtung als stählerner Teleskopschlagstock entpuppte. Ebenfalls breit grinsend wies der Rotschopf auf die hintere linke Ecke des Salons, die von außen nicht einsehbar war. »Los, da rüber!«

Sowohl der kreidebleiche Mr Arbuthnott als auch die vollkommen überrumpelten drei Detektive folgten der unmissverständlichen Aufforderung.

Anschließend deutete der Hüne auf den Zugbegleiter. »Sie melden sich jetzt bei Ihrem Team und sagen Bescheid, dass im Salonwagen die Feier einer geschlossenen Gesellschaft stattfindet. Und wir wünschen keine Störungen!« Wiederum befolgte der eingeschüchterte Uniformierte die Anweisung ohne Gegenwehr. Zufrieden nickte der Rotschopf. »Gut so. Und nun bleibt ihr schön ruhig, haltet brav die Hände aus den Hosentaschen und versucht keine Tricks.« Drohend beugte er sich vor. »Sonst verschwindet als Nächstes einer von *euch*!« Damit ging der Riese zur Tür zurück und postierte sich breitbeinig davor. Gleichzeitig stellte sich das Whitty-Double demonstrativ lächelnd neben das Quartett. Dies war aber wohl vor allem als symbolischer Ausdruck der Überlegenheit gedacht, denn angesichts von mehr als dreißig aufmerksamen Beobachtern war an einen Hilferuf oder gar an Flucht ohnehin nicht zu denken.

»Der … gesamte Salon wurde unterwandert«, hauchte Justus entgeistert. »Er war … von Anfang an mit Insidern besetzt. Und alle … sind Teil einer großen Verschwörung.«

»Mit nur einem Ziel«, ergänzte Peter ungläubig. »Mr Whitty verschwinden zu lassen, ohne dass der Rest des Zugs irgendetwas davon bemerkt.«

Betroffen ließ Bob seinen Blick durch den Wagen schweifen. »Das erklärt auch das Rätsel, wie Mr Whitty entführt und in den Gepäckwaggon gebracht werden konnte, obwohl so viele Menschen anwesend waren. Sie alle *wussten*, was geschehen würde, und halfen bei der anschließenden Vertuschung.«

»Und ich habe das ermöglicht …«, hauchte Mr Arbuthnott.

Ungläubig starrte ihn Justus an. »Wie meinen Sie das?«

»Als Chef des Service-Teams bin ich auch für Reservierungen und … Sonderwünsche zuständig«, erklärte der Zugbegleiter stockend. »Vor drei Tagen erhielt ich von der Buchungsabteilung den Auftrag, den kompletten Salonwagen für eine ganz besondere Reisegruppe frei zu halten. So kurzfristig ist eine solche Aktion sehr ungewöhnlich, aber der Kunde ist nun mal König, also habe ich nicht weiter nachgefragt.«

»Sie haben also dafür gesorgt, dass die Beteiligten dieses Verbrechens den Salon vollständig besetzen konnten«, stellte Bob fest. »Der gewünschte Effekt war, dass normale Passagiere den vollen Wagen entweder gar nicht erst betraten oder mangels Sitzmöglichkeiten sehr schnell wieder verließen. So hielten die Insider den Tatort ständig unter ihrer Kontrolle.«

»Davon hatte ich nicht die geringste Ahnung!«, beschwor Mr Arbuthnott. »Mir hatte man gesagt, das Ganze sei ein spontaner Mitarbeiterausflug, den irgendein schwerreicher Firmenboss aus L.A. spendiert habe.« Betroffen wischte er sich über die schweißnasse Stirn. »Als … besonderen Ehrengast kündigte man mir den Passagier Ray Whitty an, für den man eine Überraschung vorbereitet habe. Deshalb sollte ich ihn gleich nach der Abfahrt unter dem Vorwand, seine Kabine sei noch nicht bezugsfertig, in den Salon führen und mich dann zurückziehen.«

»Warum haben Sie uns das denn nicht schon früher erzählt?«, fragte Peter entgeistert.

»Weil ich zunächst dachte, eure Suche nach Mr Whitty gehöre zu der angekündigten Überraschungsaktion«, verteidigte sich Mr Arbuthnott. »So eine Art aufwendiges Krimi-Versteckspiel, das die Firmenleitung sich ausgedacht hat. In all den Jahren sind schon die verrücktesten Kundenwünsche an mich herangetragen worden – deshalb wollte ich auf keinen Fall irgendeinen Fehler machen. Erst vorhin in eurer Kabine kamen mir erste Zweifel …«

Justus nickte. »Verstehe. Die Entführung hätte also schon gleich zu Reisebeginn stattfinden sollen. Allerdings hatte Whitty keine Lust auf den Salon, sondern tigerte stattdessen in der Gegend herum und verzog sich schließlich an den Bartresen. Dort kam es dann zu dem kurzen Kontakt mit uns.«

»Als Whitty schließlich doch in den Salon ging, schlug man wie geplant zu«, ergänzte der dritte Detektiv. »Er wurde überwältigt und in den Gepäckwaggon gebracht. Und niemand hätte jemals davon erfahren, wenn Whitty nicht kurz vorher seinen Handschuh verloren hätte. Als ich ihm den zurückgeben wollte, bin ich prompt gegen den Rotschopf gestolpert, der als Wächter vor der Tür stand.«

Stirnrunzelnd rieb sich Peter die Nasenwurzel. »Dann bist du also ausgerechnet in dem Moment in den Tatort geplatzt, als Whitty zwar schon verschwunden, aber der Doppelgänger noch nicht in ihn verwandelt war.«

»So muss es gewesen sein«, bestätigte Justus. »Mit hoher Wahrscheinlichkeit saß der ›Zwilling‹ zunächst in anderer Aufmachung im Salon. Man wollte bestimmt nicht riskieren, dass Mr Whitty beim Anblick seines Ebenbilds misstrauisch wird und die Flucht ergreift, bevor man zuschlagen konnte.«

Bob nickte. »So sehe ich das auch. Also sollte der Doppelgänger seine Umwandlung erst nach Whittys Überwältigung vollziehen.«

»Aber das hat er offenbar nicht mehr geschafft, bevor du plötzlich aufgetaucht bist«, fügte der Zweite Detektiv an.

»Dadurch wurde Bob zu einem entscheidenden Faktor, den diese Typen nicht in ihrer großen Gleichung hatten«, stellte Justus fest. »Und infolge unserer anschließenden Nachforschungen kam alles Weitere ins Rollen. Man musste auf die ungeplanten Störenfriede reagieren.«

»Das hat dann wohl der Rotschopf in die Hand genommen«, mutmaßte Bob. »Er muss uns im Restaurant belauscht haben, als er sein Bier getrunken hat. Anschließend lockte er euch immer weiter vom eigentlichen Versteck fort.«

Peter schnaubte zornig. »Dann war er es wahrscheinlich auch, der diese Horrornummer im Schwimmbad abgezogen hat, bei der ich fast einen Herzschlag bekommen habe!«

»In der Tat eine sehr drastische Maßnahme«, stimmte Justus zu. »Offenbar hat er sich noch lebhaft an deine verschreckte Reaktion auf meine Ausführungen zum Arthropleura erinnert und sie dankend aufgegriffen. Im Poolwagen sah er dann eine willkommene Chance, dich spontan und mit geringstem Aufwand ordentlich in Panik zu versetzen. Als er mich dann kommen hörte, hat er die hintere Tür aufgebrochen und konnte so entkommen.«
Bob nickte finster. »Und während ihr mit all diesen Ablenkungsmanövern auf Trab gehalten wurdet, hat mich der Whitty-Doppelgänger mit lähmender Langeweile und fingierten Familientelefonaten zermürbt.«
»Dann standen wir also die ganze Zeit unter Beobachtung«, stellte Peter fest. »Schon bei unserer Durchsuchung des Gepäckwaggons hatte man uns garantiert genau im Blick.«
»Damals griffen sie aber noch nicht ein, weil sie davon ausgingen, dass wir ihr perfektes Versteck nicht finden würden«, ergänzte der Erste Detektiv. »Außerdem konnten sie uns bei der Rückkehr ja den Doppelgänger präsentieren und dadurch unseren Verdacht entkräften.«
Grimmig verengte Bob die Augen. »Jetzt bei unserem zweiten Auftauchen war ihnen das Risiko jedoch zu groß – deshalb stoppte man uns.«
Verzweifelt hob der Zugbegleiter die Hände. »Ihr müsst mir glauben, dass ich von alldem nichts wusste! Für mich zählt einzig und allein das Wohl meiner Passagiere!« Er senkte beschämt den Blick. »Dass ihr die ganze Zeit recht hattet und ich einem schrecklichen Irrtum aufgesessen war, werde ich mir niemals verzeihen …«

»Machen Sie sich keine Vorwürfe«, tröstete ihn Bob. »Es passiert uns ständig, dass Erwachsene uns nicht ernst nehmen. Hinterher ist man immer klüger.«
Beklommen blickte sich Peter um. »Apropos hinterher – was … passiert denn jetzt mit uns?«
»Wenn sie sich an den Plan halten, der mir telefonisch mitgeteilt wurde, werden alle Salonpassagiere an der nächsten Station in Sacramento aussteigen«, erklärte der Zugbegleiter.
»Zweifellos einschließlich des Entführten«, ergänzte der Erste Detektiv mit düsterer Miene. »Und ich fürchte, dass wir vier unsere Fahrt ebenfalls nicht fortsetzen werden …«
Nun setzte beklommenes Schweigen ein. Unerbittlich verstrichen die Minuten, während der *Coast Imperial* sich Meile für Meile Sacramento näherte. Dann jedoch ertönte urplötzlich ein lautes Poltern und die Eingangstür zum Salon flog krachend auf!

Stunde der Wahrheit

Sämtliche Köpfe der Anwesenden wirbelten zur Tür herum, durch die nun eine Horde grölender, Polonaise tanzender Betrunkener in den Salon platzte.

»Die Werbetypen aus der *Disco Lounge*!«, entfuhr es Bob.

Inmitten der wild schwankenden Menschenschlange befanden sich auch einige heftig gestikulierende Stewards, die vermutlich schon seit geraumer Zeit vergeblich versuchten, die lautstarke Zugwanderung zu stoppen. Doch nicht einmal der wutschnaubende Rotschopf und seine hastig hinzueilenden Komplizen hatten die geringste Chance, die ungebetenen Besucher aufzuhalten. Wie eine ständig von hinten weiterpressende Lawine schob sich die entfesselte Partymeute durch den Wagen.

Peter reagierte als Erster. Er trat dem neben ihm stehenden dürren Mann so heftig in die Kniekehlen, dass der Doppelgänger laut aufheulend einknickte. Fast zeitgleich verpasste Mr Arbuthnott geistesgegenwärtig einem heranstürmenden blonden Mann einen kräftigen Schwinger, der den Angreifer augenblicklich zu Boden gehen ließ.

»Das ist unsere Chance!«, rief Justus. »Lauft!«

Stoßend und tretend stürzten sich die vier in das tobende Chaos. Längst hatten ihre Gegner jede Übersicht verloren. Der gesamte Salon schien nur noch aus einem unkontrolliert zuckenden Getümmel zu bestehen. In diesem heillosen Durcheinander gelang es den drei ??? und Mr Arbuthnott, sich Stück für Stück im Gang vorzudrängeln, wobei die ein oder andere Blessur nicht ausblieb. Völlig außer Atem schafften sie es schließlich, sich durch das Nadelöhr an der Tür zu schieben und in das Restaurant überzuwechseln. Dort jedoch sackte der Zugbegleiter plötzlich leise stöhnend in sich zusammen.

»Cecil!«, rief Bob bestürzt.

Hastig knieten sich die Detektive neben den Bewusstlosen, stellten dann aber zu ihrer Erleichterung fest, dass mit Atmung und Puls alles in Ordnung war.

»In dem Gedränge muss er irgendetwas an den Kopf bekommen haben«, vermutete Peter. »Ich selbst wäre beinahe von einem Ellenbogen ausgeknockt worden.«

Misstrauisch stutzte Bob. »Oder ihm hat einer der Gangster im Vorbeigehen ein Betäubungsmittel gespritzt.«

»Die Hauptsache ist, dass Cecil sich nicht in Lebensgefahr befindet.« Energisch deutete Justus auf die Bar. »Kommt – wir bringen ihn hinter dem Tresen in Sicherheit!«

Rasch zogen sie Mr Arbuthnott hinüber und warfen immer wieder absichernde Blicke zur inzwischen hoffnungslos blockierten Zwischentür. Für ihre Verfolger gab es momentan kein Durchkommen. Nachdem die Jungen den Zugbegleiter an den Tresen gelehnt hatten, baten sie einen der Barkeeper, sich um ihn zu kümmern. Anschließend setzten sie ihre Flucht durch den *Coast Imperial* fort.

»Was sollen wir denn jetzt tun?«, stieß Peter hervor, während sie durch den zweiten, nun vollkommen leeren Aussichtswagen rannten.

»Hier im Zug können wir die Gangster unmöglich dingfest machen – viel zu gefährlich fürs Personal und die anderen

Passagiere«, gab Justus keuchend zurück und blickte hastig auf seine Armbanduhr. »Nur noch neunzehn Minuten, bis wir Sacramento erreichen. Wir müssen unbedingt verhindern, dass die Entführer mit Mr Whitty aussteigen und auf Nimmerwiedersehen verschwinden!«
Der an letzter Position laufende Bob riss überrascht die Augen auf. »Wie sollen wir das bei *der* Übermacht denn anstellen?«
»Wir gar nicht, sondern die Polizei«, erwiderte der Erste Detektiv schnaufend. Lange würde er dieses Höllentempo nicht mehr durchhalten können. Mit fahrigen Bewegungen tastete er nach dem Handy in seiner Hosentasche.
»Wenn mitten in der Nacht ein Teenager bei der Polizei anruft und von einer Zug fahrenden Verbrechertruppe erzählt, glaubt man ihm doch kein Wort«, wandte Peter ein.
»Dessen … bin ich mir … bewusst.« Justus war am Ende seiner Kräfte. »Deshalb … brauchen wir … die Unterstützung von … Inspektor Cotta.«
Glücklicherweise hatten sie inzwischen den ersten Schlafwagen erreicht und steuerten nun zielstrebig auf ihre Kabine zu.
»Okay«, stimmte der Zweite Detektiv zu, während Justus mit vor Erschöpfung zitternder Hand die Tür aufschloss. »Dann verschanzt ihr euch hier, während ich weiter den Zug hochrenne und unsere Gegner von euch weglocke. Die haben mittlerweile garantiert die Jagd auf uns eröffnet.«
»Aber keine unbedachten Heldentaten«, mahnte Justus. »Wenn du eine Waffe siehst, zieh den Kopf ein!«
Peter hob den Daumen. »Klar, Chef.« Dann wandte er sich um und rannte weiter den Gang hinauf. Rasch verschloss Bob die Tür und verkantete als zusätzliche Sicherheitsmaß-

nahme die Rückenlehne eines Stuhls unter der Klinke, sodass sie nicht mehr heruntergedrückt werden konnte. Unterdessen hatte sein Freund bereits einen schlaftrunkenen und dementsprechend gereizten Inspektor Cotta am Telefon.

»Ja?«

»Hier Justus, bitte entschuldigen Sie die späte Störung, Sir, aber es handelt sich um einen absoluten Notfall!«, sprudelte es aus dem Ersten Detektiv heraus. »Sie müssen unbedingt die Polizei in Sacramento alarmieren und veranlassen, dass am Hauptbahnhof so schnell wie möglich Gleis sieben abgeriegelt wird. Dort trifft in Kürze der *Coast Imperial* ein, in dessen vorletztem Wagen sich eine gefährliche Verbrecherbande befindet. Peter, Bob und ich sind ebenfalls an Bord und konnten den Gangstern ganz knapp entkommen!«

Für einen kurzen Moment herrschte Stille. Dann fand der fassungslose Inspektor seine Stimme wieder. »Äh … Sacramento, Gleis sieben und ein Zug voller Gangster … Justus, kann es sein, dass du schon geschlafen und bloß schlecht geträumt hast?«

»Ich versichere Ihnen, dass ich hellwach bin! Bitte, glauben Sie mir, es geht um eine Entführung und das Opfer schwebt vermutlich in Lebensgefahr! Sie kennen mich schon so lange, Sir – mit so etwas würde ich niemals scherzen!«

Diese Aussage schien bei Cotta einen Schalter umzulegen. »Es ist doch nicht zu fassen, in was für Sachen ihr immer wieder reinschlittert …« Er gab einen genervten Seufzer von sich. »Okay, ich werde sehen, was ich machen kann. Aber ich erwarte, dass ihr mir hinterher *detailliert* berichtet, was da bei euch passiert ist!«

»Natürlich – vielen Dank, Sir!«
Kurz darauf ließ ein energisches Klopfen an der Tür die Jungen zusammenzucken.
»Ich bin's, macht auf!«, zischte Peter gehetzt.
Eilig schob Bob den Stuhl beiseite, entriegelte die Tür und ließ den Freund herein.
Nervös trat Justus an den Zweiten Detektiv heran. »Und, wie sieht es aus?«
»Gefährlich«, erwiderte Peter ernst. »Mein ganz spezieller Freund, der rothaarige Riese war mir auf den Fersen. Zum Glück war im Kino gerade die Spätvorstellung vorbei – im Trubel auf dem Gang habe ich es geschafft, mich unbemerkt in die Gegenrichtung abzusetzen. Der Typ sucht uns jetzt also am anderen Ende des Zugs.«
»Ausgezeichnet, Kollege«, lobte der Erste Detektiv. Dann wandte er sich zum Fenster um und ließ seinen Blick in die tintenschwarze Nacht hinausschweifen. »Jetzt können wir nur noch hoffen, dass Cotta seine Kollegen in Sacramento überzeugen kann …«
In den folgenden bangen Minuten des Wartens herrschte angespanntes Schweigen. Als der Zug schließlich in den hell erleuchteten Bahnhof von Sacramento einlief, erkannten die Jungen mit großer Erleichterung, dass die Bemühungen des Inspektors tatsächlich erfolgreich gewesen waren. Der gesamte Bahnsteig war von Uniformierten gesäumt. Unmittelbar nach dem Halt besetzten die Polizisten in Zweier-Teams die Ausstiege, sodass vorerst keiner der Passagiere den Zug verlassen konnte. Eilig wandten sich die Detektive mit Verweis auf den Anruf von Cotta durch das Fenster ihrer Kabine

an einen Beamten und wurden umgehend zum Einsatzleiter geführt. Der zuständige Captain Claremont war ein stämmiger, etwa fünfzigjähriger Mann mit eisgrauem Haar und sorgsam gestutztem Schnurrbart.
»Mit welcher Sachlage haben wir es denn nun zu tun?«, fragte er streng. »Laut einem Inspektor aus Rocky Beach handelt es sich um eine Entführung mit einer Vielzahl an Tatbeteiligten. Näheres würde uns ein Justus Jonas mitteilen – bist du das?«
»So ist es«, bestätigte der Erste Detektiv und deutete aufgeregt auf den letzten Wagen des Zugs. »Der Entführte wird im Gepäckwaggon gefangen gehalten und die Täter befinden sich vermutlich noch im Salon direkt davor. Es muss unbedingt dafür gesorgt werden, dass niemand den Zug verlässt!«
Obwohl Claremont keineswegs überzeugt war, sah er es doch als seine Verpflichtung an, sich selbst im Gepäckwaggon Klarheit zu verschaffen. So hielt er das vorläufige Ausstiegsverbot aufrecht und ging kurz darauf mit den drei Detektiven, einem Bahnmechaniker und mehreren Polizeibeamten zu dem Gepäckwaggon hinüber. Vor Anspannung schlug den drei ??? das Herz bis zum Hals. Ebenfalls sichtlich nervös entriegelte nun der Mechaniker, seitlich gesichert durch zwei Polizisten, die Tür und trat anschließend einen Schritt zurück. Da nicht auszuschließen war, dass sich jemand von der Verbrecherbande mit im Waggon befand, stürmte zunächst eine Vierergruppe mit gezogenen Pistolen hinein. Nach wenigen Sekunden erfolgte jedoch die Entwarnung – niemand war zu sehen. Nun folgten auch Claremont und die drei Jungen. Eilig durchschritt die Gruppe den Waggon.

Als sie den großen Wassertank erreicht hatten, wies Justus in höchster Anspannung auf den Sockel. »Unterhalb des Tanks muss es eine verdeckte Luke geben, hinter der sich ein geheimer Hohlraum befindet. Da drin wird der Entführte gefangen gehalten!«

Augenblicklich begannen die Polizisten mit der Suche nach einer verborgenen Klappe oder einem getarnten Öffnungsmechanismus, wurden jedoch trotz intensivster Anstrengung nicht fündig. Schließlich erteilte Claremont dem Bahnmechaniker die Anweisung, eine der fest vernieteten Metallplatten abzuschrauben, die den Tanksockel ummantelten. Als dies geschehen war, leuchtete der Captain persönlich mit seiner Taschenlampe in die Öffnung. Mit weichen Knien und aufgerissenen Augen starrten die drei Detektive ihn an. Die folgende Feststellung traf sie wie ein Faustschlag ins Gesicht.

»Hier ist *überhaupt nichts* – nur das Stahlgerüst, auf dem der Tank ruht.« Wütend drehte sich Claremont zu den Jungen um und richtete seine Taschenlampe auf ihre entgeisterten Gesichter. »Da ist kein Geheimversteck und da war auch nie eins! Was, zum Henker, treibt ihr hier für ein Spiel??«

Ende mit Schrecken

Im ersten Moment waren die Jungen schlichtweg sprachlos. Der Schock angesichts dieser völlig unerwarteten Wendung hätte, insbesondere für Justus, kaum größer sein können. Von einer Sekunde zur anderen war die Glaubwürdigkeit der drei ??? ruiniert. Ohne den Entführten fehlte der einzige Beweis dafür, dass jemals ein Verbrechen stattgefunden hatte.

Wie aufs Stichwort trat nun ein weiterer Polizist hinzu. »Gerade hat sich Pearce vom Zugteam gemeldet. Die Befragung der Fahrgäste ist inzwischen abgeschlossen. Niemand bestätigt die abstruse Geschichte der Jungen. Keine Entführung, keine Gefangennahme oder sonst irgendein Vorkommnis. Mr Ray Whitty befindet sich unversehrt im Salon und ist, ebenso wie die anderen Passagiere, wegen der momentanen Maßnahmen höchst ungehalten.« Der Mann senkte die Stimme. »Wenn Sie mich fragen, sind das alles vollkommen harmlose Leute, denen diese drei Bengel einen üblen Streich gespielt haben.«

»Das ist nicht wahr!«, entfuhr es Justus, der wieder aus seiner Starre erwachte. »Warum der Verschwundene nicht hier ist, weiß ich nicht, aber die Entführung hat stattgefunden! Der angebliche Mr Whitty ist ein Doppelgänger!«

»Fragen Sie doch den Chef des Zugpersonals, Mr Arbuthnott!«, meldete sich nun auch Peter aufgebracht zu Wort. »Er kann bestätigen, dass wir von den Tätern bedroht wurden!«

Der hinzugekommene Polizist schüttelte den Kopf. »Der Chef des Personals ist derzeit nicht ansprechbar. Ein Steward gab an, dass Mr Arbuthnott bei der Eindämmung einer ausgeuferten Party unglücklich gefallen sein muss und momentan nicht bei Besinnung ist. Er befindet sich in Behandlung des Bordarztes.«

Hilflos rang Bob die Hände. »Dann müssen wir eben warten!«

»Kommt nicht infrage!« Mit hochrotem Kopf fixierte Claremont die Jungen. »Ich werde doch nicht einen kompletten Zug lahmlegen, nur weil drei Teenager sich irgendeinen Quatsch zusammenfantasieren! Dieser ganze Irrsinn muss sofort ein Ende haben!« Wutentbrannt beugte er sich zu Justus vor. »Und eins kann ich euch fest versprechen: Man wird euch für all das hier zur Rechenschaft ziehen!«

Peter schluckte. In Gedanken sah er sich und seine Freunde bereits vor Gericht – angeklagt wegen falscher Anschuldigung, Vortäuschung eines Kapitalverbrechens, gefährlichen Eingriffs in den Schienenverkehr und Irreführung der Polizei. Von einem solchen Schlag würde sich ihre Detektei vermutlich nie wieder erholen.

Auch Justus war sich dessen bewusst, doch er würde ganz sicher nicht kampflos aufgeben. Ihm war klar, dass jetzt ein Countdown begonnen hatte, an dessen Ende die Freigabe des Zugs und seiner Passagiere stand. Und bis dahin musste Whitty gefunden werden, sonst war alles zu spät!

Energisch hielt er dem Blick des Captains stand. »Ich beschwöre Sie, Sir – wenn Sie jetzt Ihre Männer vom Zug abziehen, werden die Entführer mit dem Opfer auf Nimmerwiedersehen verschwinden! Deshalb müssen wir noch ein letztes Mal in den Salon, um Mr Whitty ausfindig zu machen!«

»Vorher können Sie ja noch mal bei Inspektor Cotta anrufen«, fügte der Zweite Detektiv an. »Er wird Ihnen bestätigen, dass wir schon oft mit der Polizei zusammengearbeitet haben und bei der Aufklärung vieler Kriminalfälle helfen konnten!«
Claremont war anzumerken, dass ihn die unerschütterliche Beharrlichkeit des Trios und insbesondere der tiefe, erwachsene Ernst in Justus' Miene irritierte. Die Jungen schienen auf den Captain keineswegs den Eindruck abgebrühter Rowdys zu machen, die dreist weiterlogen, nachdem man sie bei einer Untat ertappt hatte. Nach kurzem Zögern nickte Claremont schließlich und ließ sich tatsächlich nochmals mit Inspektor Cotta verbinden.
»Ich weiß ja nicht, wie ihr das geschafft habt, aber bei meinem Kollegen in Rocky Beach scheint ihr wirklich einen dicken Stein im Brett zu haben«, verkündete er anschließend. »Jedenfalls versichert er mit Nachdruck, dass ihr niemals eine solche Aktion durchziehen würdet, wenn dafür kein Anlass bestünde.« Der Captain atmete tief durch. »Deshalb – und *nur* deshalb – werde ich euch ein letztes kleines Zeitfenster gewähren, um euch im Salon umzusehen. Aber um Punkt Mitternacht ist definitiv Ende der Fahnenstange, egal ob ihr bis dahin etwas entdeckt habt oder nicht.«
Energisch wies Bob nach draußen. »Dann nichts wie zurück!«

Nachdem Claremont seine Kollegen per Funk angewiesen hatte, die Fahrgäste noch um etwas Geduld zu bitten, betrat er zusammen mit den drei ??? den Salonwagen, aus dem sich die Party-Truppe inzwischen wieder zurückgezogen hatte.

Unter den Anwesenden herrschte rege Aufbruchsstimmung. Zwar war eine gewisse Nervosität zu spüren, dennoch strahlten die Gangster ungebrochenes Selbstbewusstsein aus. Sie schienen fest davon auszugehen, dass ihr Sieg unmittelbar bevorstand. In vielen Mienen spiegelten sich unverhohlene Schadenfreude und selbstzufriedener Triumph. Doch davon ließen sich die Jungen nicht beirren. Mit Feuereifer begannen sie, jeden Winkel und jedes Gepäckfach zu untersuchen, während Claremont und seine Männer sich im Hintergrund hielten. Schnell hatten die drei Detektive überprüft, dass sich alle ursprünglich im Salon anwesenden Fahrgäste noch im Wagen befanden. Sie schienen sich ihrer Sache also tatsächlich absolut sicher zu sein, und das war ganz und gar kein gutes Zeichen …

Unbarmherzig tickten die Sekunden dem Ende der gesetzten Frist entgegen, doch sosehr die Jungen sich auch anstrengten, sie fanden keinen Hinweis auf den Verbleib des echten Mr Whitty. Als die große viktorianische Standuhr drei Minuten vor Mitternacht anzeigte, brach dem Ersten Detektiv kalter Schweiß aus. Vor seinem inneren Auge tauchten die bestürzten und tief enttäuschten Gesichter von Tante Mathilda und Onkel Titus auf – angereist nach Sacramento, um ihrem missratenen Neffen bei dem anlaufenden Strafprozess beizustehen. Doch im selben Moment ärgerte er sich wegen seiner egoistischen Gedanken. Hier ging es nicht um ihn und seinen guten Ruf, sondern um einen entführten Mann, dessen Schicksal in den Händen der drei ??? lag!

»Er *muss* einfach hier sein«, fauchte er gehetzt seinen Kollegen zu. »Im Gepäckwaggon war er nicht – dennoch wurden wir von hier, dem Ende des Zugs, weggelockt! Whitty muss also irgendwo hier sein – und ich werde ihn finden, selbst wenn Captain Claremont versucht, mich an Handschellen rauszuschleifen!«

»Handschellen …« Plötzlich war in Peters Kopf ein Geistesblitz aufgeflammt. In rasender Eile lief er die Reihen der Fahrgäste ab, bis er den noch immer schlafenden alten Herrn mit Vollbart und Hornbrille erreicht hatte. Irgendetwas war ihm vorhin an dem Mann aufgefallen, ohne dass der Zweite Detektiv es jedoch hatte benennen können. Es waren nicht allein die noch immer geschlossenen Augen – der vermeintliche Tiefschlaf konnte ja auch Tarnung sein. Nein, da war noch irgendetwas anderes gewesen, und jetzt wusste Peter auch, was!

Der Bärtige war von einem glatzköpfigen Mittvierziger, augenscheinlich seinem Betreuer, inzwischen in einen Klapprollstuhl gesetzt worden, um in Kürze nach draußen transportiert zu werden. In diesem Moment schlug die mächtige Standuhr Mitternacht und läutete unwiderruflich das Ende des gewährten Zeitaufschubs ein. Doch noch vor Verklingen des ersten Glockenschlags riss Peter, zu schnell, als dass der Kahlkopf reagieren konnte, dem weißbärtigen Schläfer den rechten Ärmel seiner braunen Cordjacke hoch. Zum Vorschein kam ein circa drei Zentimeter breiter, silbern glänzender Gegenstand, der das dürre Handgelenk des Mannes umschloss.

»Das Silberarmband von Mr Whitty!«, rief Peter, während er gleichzeitig dem vermeintlichen Greis den falschen Bart herunterzog. »*Und* sein betäubter Besitzer!«

Jetzt überschlugen sich die Ereignisse. Einige der Fahrgäste, allen voran der Rotschopf, unternahmen einen kopflosen Fluchtversuch, wurden jedoch von Claremont und seinen Männern gestoppt. Augenblicklich übernahm der Captain die Kontrolle über den Salonwagen. Angesichts der geballten Polizeipräsenz wagte nun niemand mehr, Widerstand zu leisten.

»Ehe die Situation nicht vollständig geklärt ist, sind alle Anwesenden vorläufig festgenommen!«, verkündete Claremont. Während die Salonpassagiere daraufhin einzeln nach Waffen durchsucht und anschließend nach draußen geführt wurden, stellten sich die drei Jungen einige Schritte abseits und betrachteten erschöpft, aber glücklich das geschäftige Treiben. Mit versöhnlicher Miene trat der Captain an sie heran. »Da muss ich mich wohl bei euch entschuldigen und euch gleichzeitig beglückwünschen. Kaum jemand an eurer Stelle hätte mit so unerschütterlicher Energie und gegen alle Widerstände einem Verbrechen nachgespürt, das es gar nicht zu geben schien.« Anerkennend lächelte Claremont. »Wenn ihr nicht noch so jung wärt, würde ich euch glatt vorschlagen, ein eigenes Detektivbüro zu gründen.«

»Vielen Dank für das Lob«, erwiderte Justus strahlend. »Aber was diesen Punkt betrifft, so ist der Zug schon lange abgefahren …«

Ein fast perfektes Verbrechen

Die nächsten zwei Stunden verbrachten die drei ??? auf dem Sacramento Police Department West, wo sie Captain Claremont alle Einzelheiten zum spektakulären Entführungsfall im *Coast Imperial* zu Protokoll gaben. Zeitgleich wurden die festgenommenen Salongangster verhört. Der ins Krankenhaus gebrachte Ray Whitty war inzwischen erwacht und konnte ebenfalls befragt werden, sodass schlussendlich ein klares Bild des Tathergangs entstand. Während Whitty unter polizeilicher Überwachung blieb, konnten Justus, Peter und Bob nach Abschluss des Protokolls zum Bahnhof zurückkehren. Inzwischen war es bereits kurz nach halb drei Uhr nachts, doch der Zug befand sich immer noch an Ort und Stelle. Die Weiterfahrt hatte sich stark verzögert, weil der Tatort im Salonwagen gründlich untersucht werden musste. Zu ihrer Freude erkannten die Jungen schon von Weitem Mr Arbuthnott, der ihnen von einem der Einstiege aus zuwinkte. Gemeinsam setzten sie sich nun in die Großkabine der drei Detektive, wo der Zugbegleiter ihnen und sich eine stattliche Kanne heißen Kakao servieren ließ.
»Zwar brummt mein Schädel noch ganz schön von dem Schlag aus dem Nichts«, bekundete Arbuthnott, »aber bevor ich mich wieder hinlege, muss ich unbedingt noch wissen, was es mit dieser Entführung nun wirklich auf sich hatte.«
»Diesen Wunsch erfüllen wir doch gerne«, erwiderte Bob.
Peter lächelte. »Das haben Sie sich mehr als verdient.«
»Wie wir dank Bobs Recherche schon vermutet hatten, geht

es um die gestohlenen Fossilien dieses urzeitlichen Gliederfüßers«, erläuterte Justus. »Deren Wert wird übrigens auf über vier Millionen Dollar geschätzt.«

»Heiliger Bimbam«, hauchte Arbuthnott. »Das nenne ich mal ein kostbares Krabbeltier!«

»Kann man wohl sagen«, bestätigte der Zweite Detektiv. »In einem Punkt hatten wir uns allerdings geirrt. Mr Whitty war kein ungebetener Zeuge, der zufällig in die Sache hineingeraten ist, sondern selbst an dem Diebstahl beteiligt.«

»Und nicht nur an diesem«, fügte Bob an. »Schon seit Jahren hat er von seiner Position in der Verwaltung aus diverse Stücke aus dem Museumsarchiv verschwinden lassen. Danach hat er alle Spuren aus den Bestandslisten entfernt.«

Genüsslich nahm Justus einen großen Schluck Kakao. »Das Diebesgut hat Whitty an eine international agierende Hehlerbande verkauft, mit der er über einen Mittelsmann Kontakt aufgenommen hatte. Keines der bisherigen Stücke war jedoch annähernd so wertvoll – und berühmt – wie die sensationellen Fossilien des Arthropleura.«

»Die Durchführung dieses besonderen Beutezugs ging deshalb diesmal auch nicht von Whitty aus, sondern von der Hehlerbande selbst«, ergänzte Bob. »Angeblich hat irgendein Unterweltbaron in Südamerika ein irrsinnig hohes Honorar ausgesetzt, um dieses spektakuläre Stück seiner Privatsammlung einzuverleiben.«

Peter fauchte leise. »Reiche Gangster und ihre Hobbys …«

»Jedenfalls war für Mr Whitty hier ein Punkt erreicht, an dem er nicht mehr mitziehen wollte«, erklärte der Erste Detektiv. »Wenn man seiner jetzigen Aussage Glauben schenkt, waren die bisherigen Beutestücke allesamt eher unscheinbar und deren Entwendung gut zu vertuschen. Ganz im Gegensatz zu den Arthropleura-Fossilien, deren Verschwinden ein unwiederbringlicher Verlust für die Wissenschaft wäre.«

»Und das konnte Whitty nicht mehr mit seinem Gewissen vereinbaren«, fügte Bob an. »Der Diebstahl war für ihn zwar nicht zu verhindern, da die Bande ihn diesmal selbst durchführte, aber er hatte vor, sich zu stellen und auszupacken.«

Peter streckte seine müden Glieder. »Dafür musste Whitty nach Seattle reisen, um bei irgend so einer Spezial-Ermittlungsbehörde für ›gestohlene Kulturgüter‹ seine Aussage zu machen. Und weil er nicht wusste, ob die Bande ihn aus Sicherheitsgründen unter Beobachtung hatte, tarnte er das Ganze als Kurzurlaub im noblen *Coast Imperial.*«

»Das Misstrauen seiner ehemaligen Komplizen war allerdings sogar noch größer, als er vermutet hatte«, stellte Justus fest. »Man roch Lunte, dass er in Seattle einen Deal eingehen wollte, und ergriff sofort Maßnahmen, um ihn zu beseitigen. Von der Reisebuchung an blieben ihnen dafür drei Tage – unter anderem, um einen glaubhaften Doppelgänger aufzutreiben. Ausreichend finanzielle Mittel und Personal für eine so große Aktion standen ja zur Verfügung.«

Erstaunt hob Mr Arbuthnott die Augenbrauen. »Aber … warum haben die Gangster Whitty nicht einfach in seiner Wohnung aufgelauert und ihn von dort aus verschleppt? Das wäre doch bei Weitem weniger aufwendig und gefährlich gewesen als eine Entführung während einer Zugfahrt.«

»Genau diese Frage haben wir uns auch gestellt«, gab der Zweite Detektiv zurück. »Laut einem geständigen Bandenmitglied ging man davon aus, dass Whitty bereits in Los Angeles unter verdecktem Polizeischutz stand.«

»Den gab es aber gar nicht«, fügte Bob an. »Whitty hatte sich gegenüber der Ermittlungsbehörde nämlich völlig bedeckt gehalten. Vermutlich wollte er erst mal seine Chancen auf Straffreiheit ausloten. Aber das wusste die Bande ja nicht. Deshalb schmiedeten die Gangster den Plan, an einem Ort zuzuschlagen, der vollkommen unter ihrer Kontrolle stand.«

»Nämlich im komplett für sie reservierten Salon«, ergänzte Justus. »Im Grunde ein äußerst cleverer Plan: Man überwältigt und betäubt einen Mann in einem Raum voller Eingeweihter, platziert ihn dann maskiert in der Gruppe und macht ihn so quasi unsichtbar. Abgerundet wird das Ganze durch ein Double, das eventuell eintretende Mitreisende davon überzeugen soll, der Mann sei immer noch da.«

Nachdenklich runzelte Cecil die Stirn. »Aber eigentlich hätte es doch gereicht, Whitty zu narkotisieren und als Schlafenden im Salon zu belassen, bis man Sacremento erreicht. Wozu dann noch die Aktion mit dem Doppelgänger?«

»Das hängt mit dem vermuteten Polizeischutz zusammen«, erklärte Bob. »Da die Bande Ray Whitty observiert hat, war man sicher, dass es keinen Direktkontakt zur Polizei gab. Aber man ging von einer Distanz-Beschattung aus. Und für den Fall, dass Polizisten in Zivil ihre Zielperson vom Restaurant aus im Auge behielten, brauchte man einen überzeugenden Doppelgänger. Dieser sollte nicht nur den Anschein erwecken, Whitty sei immer noch da, sondern auch in der Lage sein, auf eventuelle Alarmsituationen flexibel zu reagieren.«

»An der ersten Zwischenstation in Sacramento hätten die

Salonpassagiere dann ein genau abgesprochenes Durcheinander erzeugt«, fügte Peter an. »Darin hätte das Double die Maskerade abgelegt und wäre mit allen anderen ausgestiegen – natürlich einschließlich des betäubten Mr Whitty.«
Justus lächelte. »Dieser famose Plan hätte ja auch wunderbar funktioniert, wenn Bob nicht plötzlich reingeplatzt wäre, als Mr Whitty zwar schon narkotisiert und verkleidet, aber der Doppelgänger noch nicht einsatzbereit war.«
»Warum war der Zwilling denn nicht rechtzeitig fertig?«, fragte Mr Arbuthnott. »Während der Verkleidung des echten Whitty hätte er doch ausreichend Zeit gehabt, oder?«
»Eigentlich ja«, bestätigte Justus schmunzelnd. »Aber manchmal steckt der Teufel eben im Detail. Von dem geständigen Gangster wissen wir, dass es unerwartete Probleme mit zwei Latexteilen der Gesichtsmaskierung gab.«
Bob nickte grinsend. »Die Klebeflächen waren beim Transport so unglücklich zusammengehaftet, dass der Doppelgänger sie zunächst nicht auseinanderziehen und anlegen konnte. Die Truppe lenkte mich dann zwar mit einer heruntergefallenen Handtasche ab, doch das reichte nicht, um das Malheur zu beheben. So blieb dem Mann vorläufig nichts anderes übrig, als unmaskiert zu bleiben.«
»Erst einige Zeit später, als wir den Gepäckwaggon durchsuchten, hat er es endlich geschafft, sich zu verwandeln«, fügte Peter an und deutete stolz auf den Ersten Detektiv. »Aber auch die vollständige Maskerade genügte nicht, um unseren Chef zu überzeugen. Also nahmen wir Ermittlungen auf.«
»Dies blieb von den misstrauischen Gangstern allerdings nicht unbemerkt«, räumte Justus ein. »Sie wussten nun, dass

sie es nicht mit der Polizei, sondern mit drei Juniorschnüfflern zu tun hatten, die mit allen Mitteln bis zur Station Sacramento beschäftigt werden mussten.«

»Einschließlich Horrorkäfer-Attacke im dunklen Schwimmbad«, fügte Peter mit finsterem Blick an.

»Manche Kriminelle haben eben einen Hang zum Theatralischen«, stellte Bob fest. »Das haben wir ja schon bei so manchen unserer Fälle feststellen können.«

»Nicht zu vergessen den Hang zur Selbstüberschätzung«, ergänzte Justus. »Trotz des Polizeieinsatzes war die Truppe bis zuletzt fest vom Gelingen ihres Coups überzeugt. Als wir im Salon festsaßen, hatte der Doppelgänger unser Gespräch belauscht und mitbekommen, dass wir von einem völlig falschen Versteck ausgehen. Die Bande wusste also, dass wir uns vor der Polizei hoffnungslos blamieren würden.«

Peter schaute Cecil an. »Und Sie wurden gezielt außer Gefecht gesetzt, damit Sie keine Aussage machen konnten. Deshalb waren die Typen sicher, dass uns spätestens nach der Pleite mit dem Tank niemand mehr glauben würde.«

»Abgebrühte Profis und ein fast perfekter Plan«, resümierte Justus.

»Wirklich unfassbar, das Ganze.« Der Zugbegleiter senkte beschämt den Blick. »Und ich habe von alldem nicht das Geringste geahnt …«

»Niemand macht Ihnen deshalb einen Vorwurf, Cecil«, beschwichtigte Bob und deutete lächelnd auf Justus. »Sogar unser Superhirn war ja zwischenzeitlich auf einem völlig falschen Dampfer.«

»Wohl eher im falschen Zugwaggon«, gab der Erste Detektiv

seufzend zu. »Und ich gehe sicherlich recht in der Annahme, dass ihr mir diesen Patzer für den Rest meiner Detektivkarriere immer und immer wieder genüsslich aufs Brot schmieren werdet, stimmt's?«

»Na, zumindest für den Rest unserer Zugreise«, erwiderte Peter feixend. »Und die werden wir ab jetzt hoffentlich nur noch mit Erholung, Spaß und Naturgenuss verbringen!«

Schlagartig hellte sich Mr Arbuthnotts Gesicht auf. »Dafür werde ich höchstpersönlich sorgen.« Er schmunzelte. »Wer einen verbrecherischen Meisterplan durchkreuzt und das Verschwinden eines Passagiers aufklärt, der nie verschwand, steigt bei uns automatisch in die Premiumklasse auf.«

»Na, dann steht einer entspannten zweiten Reisehälfte ja nichts mehr im Wege«, stellte Bob freudig fest und gähnte herzhaft. »Und damit wir den morgigen Tag nicht völlig verschlafen, sollten wir uns jetzt ins Reich der Träume begeben.«

Peter grummelte leise. »Hoffentlich ohne Riesenkäfer und dürre Doppelgänger.«

»Apropos dürrer Mann ...« Anerkennend klopfte Justus dem Zweiten Detektiv auf die Schulter. »Für deine Glanzleistung mit dem Silberarmband ernenne ich dich hiermit feierlich zum Fragezeichen mit dem schärfsten Adlerblick.«

»Hört, hört!«, rief Bob zustimmend.

Peter grinste. »Gibt es bei solchen Gelegenheiten nicht immer einen Orden oder etwas Ähnliches?«

»Dummerweise habe ich gerade den Karton mit den Ehrenmedaillen verlegt – aber ich mache dir ein Gegenangebot.« Justus zwinkerte schelmisch. »Wenn du meinen verlorenen Ring wiederfindest, darfst du ihn behalten.«

Die drei ???® ... ihre großen Fälle!

- ☐ Der finstere Rivale
- ☐ Das düstere Vermächtnis
- ☐ und der Geisterzug
- ☐ Fußballfieber
- ☐ Geister-Canyon
- ☐ Schatten über Hollywood
- ☐ Schwarze Madonna
- ☐ Fluch des Drachen
- ☐ Haus des Schreckens
- ☐ Fels der Dämonen
- ☐ Der tote Mönch
- ☐ und das versunkene Dorf
- ☐ Das Geheimnis der Diva
- ☐ und die Fußball-Falle
- ☐ Grusel auf Campbell Castle
- ☐ Der namenlose Gegner
- ☐ Skateboardfieber
- ☐ Im Netz des Drachen
- ☐ Im Zeichen der Schlangen
- ☐ Die blutenden Bilder
- ☐ und der schreiende Nebel
- ☐ und die schwarze Katze
- ☐ und der verschollene Pilot
- ☐ Im Schatten des Giganten
- ☐ Fußball-Teufel
- ☐ und das blaue Biest
- ☐ und die brennende Stadt
- ☐ GPS-Gangster
- ☐ Das Rätsel der Sieben
  7 Kurzgeschichten
- ☐ Straße des Grauens
- ☐ Die Spur des Spielers
- ☐ und das Phantom aus dem Meer
- ☐ Tuch der Toten
- ☐ Eisenmann
- ☐ Dämon der Rache
- ☐ Sinfonie der Angst
- ☐ und der gestohlene Sieg
- ☐ Die Rache des Untoten
- ☐ Der Geist des Goldgräbers
- ☐ Der gefiederte Schrecken
- ☐ und der Zeitgeist
  6 Kurzgeschichten
- ☐ und die flüsternden Puppen
- ☐ Das Kabinett des Zauberers
- ☐ Im Haus des Henkers
- ☐ Schattenwelt
  Trilogie
- ☐ und der letzte Song
- ☐ und der Hexengarten
- ☐ silbernes Amulett
- ☐ und der Mann ohne Augen
- ☐ Insel des Vergessens

kosmos.de/die_drei_fragezeichen